아무렇지 않을 준비가 되었어

 011   용기의 맛

아무렇지 않을 준비가 되었어

룬아

사실 '용기의 맛'이라는 주제를 처음 들었을 때에는 선뜻 이해가 가지 않았습니다. 저의 머릿속에서 '용기'와 '맛'은 그다지 어울리는 단어가 아니었던 것이죠. 왜 하필 용기일까. 그렇게 저만의 상상을 더해보는 시간을 보냈습니다.

그런데 원고가 도착한 날, 한달음에 내처 읽고는 곧바로 납득이 되었습니다. 아마 지금 이 책을 집어 드신 여러분들도 마지막 장을 덮을 때에는 같은 마음일 거예요. 작가의 말처럼 "평범하게 산다는 것 자체가 용기투성이"이었음을, 잠시라도 애쓰지 않은 순간이 있었을까 싶을 만큼 복잡하고 두려운 것이 우리의 인생임을 잠시 잊고 지냈던 모양입니다.

이 책은 엄마 배 속에 있을 때부터 여러 차례 크고 작은 위기의 순간을 지나온 한 아이와 그 가족의 이야기입니다. 아이의 곁에서 엄마가 써내려간 진솔한 일기이기도 하고 내밀한 고백이기도 한 셈이에요. 지난 몇 년의 시간을 이렇게 한 권의 책으로 담담히 정리해내는 데까지 분명 커다란 용기가 필요했을 겁니다. 그렇다고 해서 어떤 분투기는 아닙니다. 그저 아주 조금씩 용기를 내면서 쌓아온 평범하고 소중한 하루하루의 기록이라고 하면 어떨까 싶어요.

우리는 절망적인 순간에서도 필연적으로 '먹는 존재'이지요. 정확하게는 '먹어야 하는 존재'라는 사실이 때로는 거추장스럽기도 하지만 용기라는 불꽃을 지피는 데도 연료가 필요한 법이니까요.

우리 삶의 곳곳에는 원치 않은 장애물이 도사리고 있고, 운 좋게 잘 피했다가 밟고 넘어지기도 여러 번이죠. 그럴 때마다 '누구의 엄마'도 '누구의 딸'도 아닌 나 자신의 내면에서 들려오는 목소리에 정성껏 귀를 기울이고 솔직하게 대응하는 모습이야말로, 진정한 의미에서의 용기가 아닐까 싶어졌습니다. 그 순간 손에 들려 있던 커피 한 잔, 눈물을 머금고 입에 물던 빵 한 조각, 도무지 한 술도 뜰 수 없었던 아보카도 명란 비빔밥조차도…. 그것은 모두 진하디진한 '사는 맛' 아니었을까요?

결국 아이는 양육자의 씩씩한 용기를 먹고 자란다는 것. 우리도 분명 그런 시절을 지나왔으리라는 것. 머리로는 이해가 되지 않았던 '용기' 더하기 '맛'은 가슴으로 내려와 '용기' 곱하기 '맛'이 되었습니다.

Editor 김지향

차례

그때 나는 몰랐지

지금도 건강미가 넘치는 타입이라고는 할 수 없지만, 어렸을 적의 나는 굉장한 허약 체질이었다. 매년 봄가을 두 번의 환절기가 시작되면 한약부터 한 재씩 달여 먹었다. (먹었다기보다는 엄마가 먹였다.) 종종 꾀를 부려서 변기에 흘려버리거나 남동생 입에 털어 넣은 적도 있긴 하지만, 그 여파로 이십대를 잠들지 않는 밤들과 멈출 수 없는 음주가무로 채웠다. 그러다 아니나 다를까 삼십대에 들어서자마자 남아 있던 효력은 사라지고 짧아지는 체력의 한계를 체감하며 하루하루 살아내고 있다.

'환자'라는 정체성을 한켠에 끼고 자라던 어릴 때의 기억을 꺼내보면 일련의 장면들이 어렴풋이 떠오른다. 술래잡기를 하며 뛰어놀다가 잠시 벽 뒤에 멈춰 서서 입에 스프레이를 뿌렸던 일. 체육 시간에 오래달리기를 할 때면 한 바퀴에 한 번씩 입에 스프레이를 뿌려야 했던 일.

나를 괴롭혔던 병은 바로 알레르기성 소아천식이었는데, 조금만 뛰어도 숨이 넘어갈 정도로 가빴던 아이의 다리에는 생채기 날 일이 없었다. 덕분에

다리만큼은 언제나 하얗고 매끈했지. 남미에 살 적에는 폐활량을 늘리기 위해 매일 수영 레슨을 받았고, 수영장 한쪽 끝에서 다른 쪽 끝으로 헤엄쳐 가면 그곳에는 엄마가 스프레이를 들고 기다리고 있었다. 작은 스프레이 통은 중학교에 올라갈 때까지 호신용 은장도마냥 품에 넣고 다니며 조금이라도 호흡이 곤란해질 때마다 쌉싸름하고 시원한 그것을 입안에 뿌려서 삼켰다. 그러면 아무도 내가 천식 환자인 줄 모를 정도로 금세 좋아졌다.

소아천식은 말 그대로 '소아' 천식이어서인지, 십대가 된 후 어느 시점부터 서서히 내 삶에서 자취를 감추기 시작했다. 중학생이던 내가 여전히 천식을 앓고 있었는지는 확실치 않다. 하지만 수련회 교관들은 너무 무서웠고, 단체 기합을 받을 때 아픈 사람은 빠지라고 해서 한 발자국 뒤에서 반 친구들의 고통을 바라보기만 했던 기억만은 뚜렷하다. 열네 살의 나는 과연 비겁했을까? 아니면 마땅히 그래도 되는 몸이었을까? 마흔을 코앞에 두고도 여전히 잘 모르겠다.

열넷인지 열다섯인지부터는 하여튼 스프레이

가 필요하지 않았고, 나는 맺힌 한을 풀듯 뛰어다녔다. 고등학교에서는 배구부에 들어갔고, 대학에 가서는 발야구 투수와 치어리더 등을 자처했다. 밤새도록 클럽에서 춤을 췄고, 낮에도 췄다. 알레르기의 원인이었던 먼지와 고양이 털을 극복하고 고양이도 거뜬히 두 마리나 키웠다.

하지만 어린 나는 정말이지 자주 아팠다. 차만 타면 멀미를 해서 한겨울에도 꼭 창문을 열고 달려야 했다. 좋든 나쁘든 환경이 바뀌기만 하면 아팠다. 공기 좋은 시골 할머니 댁에 가면 밤새 쌕쌕거리며 뜬눈으로 밤을 새웠고, 서울 올라오는 길에 병원으로 직행해서 입원하기 일쑤였다. 열이 내리지 않아 얼음주머니를 양쪽 겨드랑이에 끼우고 덜덜 떨었던 감각은 여전히 생생하다. 춥다고 하니 엄마가 이불로 발등을 덮어주었는데 그 느낌이 얼마나 따뜻했던지. 초등학생 때 친구들에게 들은 이야기 중 두 가지가 신기했는데, 하나는 여권이 없다는 것과 (나는 초등학교 2학년 때 처음 비행기를 타야 했는데 여행 목적은 아니었다.) 한 번도 입원한 적이 없다는 것이었다. 환자복을 입어본 적이 없다고? 병원에서 자본 적이 없다고? 손등에 바늘을 찌르다가 멍들어본 적이 없다고?

　엄마와 아빠는 내가 얼마나 자주 아팠는지 귀가 따갑도록 이야기하곤 했다. 막냇삼촌이 한밤중에 나를 들쳐 업고 응급실로 달려가기도 했는데, 실제로 기억이 나는 건지 아니면 너무 상세하게 이야기를 들어서 기억이 만들어진 건지 모르겠다. 아빠는 '오늘 밤이 고비'라는 폐렴을 이겨내고 아장아장 걸어다니던 어느 날 아침의 나를 수백 번 묘사했다. 물론 나는 그 장면을 보지 못했지만 본 것이나 다름없다. 너무 큰 환자복을 돌돌 말아 입고, 무슨 일 있었냐는 듯 병원 여기저기를 기웃거리는 작은 딸. 이런 이야기는 언제나 똑같은 내용으로 불시에 끼어들어서 반복을 반복했다. 그리고 그때마다 나는 귀찮고 지루하다는 내색을 아끼지 않았다.

　엄마가 되고서야 비로소 알았다. 흐릴 만큼 흐려진 그 시간들이 엄마와 아빠의 머리와 가슴에서는 영원히 지워지지 않는다는 것을. 어제 일처럼 떠오르고 생각나고, 그래서 말하고 또 말하는 것이라는 것을. 무용담마냥 설명하는 쩌렁쩌렁한 목소리 안에는 다 지난 일이라 얼마나 다행인지 모르겠다는 조마조마한 마음이 서려 있다.

그리고 나는 몰랐지, 똑같은 길을 가게 될 줄은. 평범하게 산다는 것 자체가 용기투성이일 줄은.

경험주의자가 사는 법

바다의 맛

"싱싱한 석화는 안 비려."

내가 제일 믿지 않는 한 문장이라고 해도 과언이 아니다. 나에게 굴은 크든 작든, 싱싱하든 안 싱싱하든 죄다 비리다.

때는 친구의 생일이었고, 해산물로 유명한 식당에 모였다. 진한 크림의 클램차우더, 통통하고 쫄깃한 문어 숙회, 신선한 회, 바삭한 새우 크로켓 같은 것을 한참이나 주문해서 먹고 있으니 주인이 서비스를 한 접시 내주었다. 손바닥만 한 석화가 고르게도 담겨 있는 커다랗고 하얀 접시. 친구들은 환호성을 내질렀고 나는 울상이었다. 그리고 그런 나의 귀에 어김없이 꽂히는 말, "싱싱한 석화는 안 비려."

이미 여러 번 당했지만 한 번만 더 믿어보자. 친구 따라 핫소스를 톡톡 뿌리고 레몬즙도 알차게 짜 넣었다. 그렇게 하면 굴 맛이 조금은 덮어진다고 했다. 이윽고 바다에서 갓 건져 올린 듯한, 커다랗고 물컹한 것이 입에 들어왔고 역시나 구역질이 울컥, 올라왔다. 눈물이 찔끔 나왔다. 그 뒤로 다시는 생굴에 덤비지 않았다.

모순적이지만 나는 육고기보다는 해산물파다. 맨밥에 생선구이 한 조각, 겉절이 김치 주욱 찢어 올려 먹는 게 내가 생각하는 최고의 백반이다. 엄마가 새우탕이나 꽃게탕을 끓이는 날이면 팔꿈치까지 두 소매를 걷어붙이고 하얀 살 발라 먹는 데에 온 정신을 쏟았다. 가족들이 식사를 마치고 자리를 뜬 뒤에도 식탁에 혼자 남아 수북이 쌓인 갑각류 껍질 산을 확인하고서야 비로소 짭조름하게 쪼글쪼글해진 손가락을 씻기 위해 일어났다. 지금이야 스스로 먹지, 엄마는 어린 나에게 꽃게 살 발라주는 것이 여간 귀찮은 일이 아니었다고 했다. 여하튼 나는 차돌박이 짬뽕보다 삼선짬뽕, 동그랑땡보다 동태전, 햄버거마저도 소고기 패티보다 새우였다.

　　취향과는 별개로 먹을 수 있는 종류의 폭은 육고기가 더 넓었다. 날것이든 익히다 만 것이든, 물에 빠진 것이든 바짝 말린 것이든. 순대와 선지는 물론이고 대창, 오소리감투, 염통 같은 내장은 없어서 못 먹을 지경이다. 서울 닭갈비와 춘천 닭갈비에는 큰 차이점이 있는데 그게 무엇인가 하면, 춘천에서는 닭 내장을 추가할 수 있다는 점이다. 그러면 매콤달콤하게 볶아진 닭고기 사이사이에 끼인 쫄깃한 내장도 함께 맛볼 수 있는데 그게 참 별미다. 이 정도면 고기를 더 좋아하는 것 아니냐고 반문하겠지만 선택권이 있다면 줄곧 해산물이었다. 좋아하는 것과 잘하는 것은 다르다더니.

가장 큰 벽은 비린내였다. 내 몸은 사람들이 '바다의 맛'이라고 표현한 모든 음식을 강력하게 거부했다. 미더덕과의 첫 만남이 그랬다. 아구찜을 먹다가 나온 커다란 콩같이 생긴 것을 젓가락으로 집어드니 "그걸 씹으면 바다 맛이 나."라고 하길래 호기롭게 씹었다. 정말 바다의 맛이 입안에 한가득 퍼졌고 그날 먹은 아구를 몽땅 토해낼 뻔했다. 알맹이를 쏙 빼먹고 남은 돌멩게 껍데기에 소주를 부어 마시면 역시 바다의 맛이 난다길래 쭈욱 들이켰다가 역시나 또 한번 위 속 내용물을 확인할 뻔했다. 단골 이자카야에서 특별히 내준 해삼 내장 젓갈 고노와타는 모조리 남편 입으로 들어갔고, 초밥 세트를 주문할 때도 고등어나 꽁치 같은 등푸른 생선은 다른 재료로 바꿔달라고 요청해야 했다.

그래도 다시, 또다시 도전했다. 혹시나 이건 잘 맞지 않을까, 혹시나 그사이에 입맛이 변하지 않았을까, 하는 기대감으로 의심은 잠시 넣어두고 입을 열었다. 그리고 변함없이 배신감과 구역질에 몸을 바들바들 떨었다. 나라고 어찌 산해진미를 맛보고 싶지 않겠는가. 나도 어른스럽게 커다란 석화를 씹으며 바다의 맛을 즐기고 싶다. 모두가 찬양하는 바다 향의 경지를 한 번쯤은 누려보고 싶다. 도무지 진입할 수 없는 난이도 높은 해산물의 세계를! 하지만 본능이나 체질이란 훈련을 통해 쉽게 극복될 영역이 아니었고, 특히나 입맛 같은 특성을 굳이 혹독하게 개선할 필요는 없다는 판단에 더는 몸을 혹사시키지 않기로 했다. 달달한 대게 살이나 가리비를 먹으면 어린이처럼 행복해진다. 내 입에 맛 좋은 걸 먹으면 됐지, 꼭 어렵게 먹어야 하나?

여전히 나에게 어려운 해산물을 권하는 사람들은 많다. 마치 한국에 처음 온 외국인에게 꿈틀대는 산낙지를 먹여보려는 기분으로. 하지만 숱하게 삼키고 뱉어보았기에 당당하게 말할 수 있다.

"나 그거 못 먹어. 이미 먹어봤어."

나는 일단은 해보는 사람이다. 뭐든 발을 담가 봐야 진정으로 깨닫는 경험주의자. 먼저 길을 밟아 본 사람이 돌아와서 아무리 귀띔해줘도 직접 넘어져 보지 않으면 안 믿었다. 굳이 들어선 그곳에서 상상 했던 황홀함은커녕 비린내 따위도 극복하지 못했을 지언정, 충분히 도전해보았기에 뒤도 안 돌아보고 앞으로 걸어갈 수 있었다. 살면서 쌓이는 미련만 잘 제거해도 삶이 담백하고 확실해진다.

세상의 어떤 일들에는 때가 있고 이왕 태어났으 니 다 해보고 싶어. 여자로 태어났으면 엄마도 되어 보자. 그게 설령 바다의 맛일지라도.

그런 마음으로 임신을 했다. 아니, 임신에 도전 했다.

삶의 조종사

순댓국

7년 연애 끝에 결혼한 우리 부부는 4년의 신혼 생활이 지나고서야 드디어 아이를 가져보기로 했다. 자녀 계획이 다소 늦어진 것에는 딩크 라이프를 즐기고 싶은 욕심도 한몫했지만, 남편이나 나나 작은 인간이라는 존재에 크게 관심이 없었기 때문이다. 나는 평소에는 별로 객관적이지도 않으면서 '객관적으로' 예쁜 아이만 예쁘다고 생각했고, '객관적으로' 귀여운 아이만 귀엽다고 생각했다. 아이를 진심으로 좋아하는 사람 얼굴에서는 햇님 같은 광채가 난다. 순수로 점철된 그 얼굴을 꼭꼭 숨기고 있다가, 아이와 마주하면 갑자기 이목구비를 있는 힘껏 펼쳐서 내보인다. 나는 주로 서비스업 종사자에 가까운 미소를 지었다.

　　아이를 갖기로 한 것은 순전히 생체시계 때문이었다. 당장 오늘 밤 임신해도 삼십대 중반에 초산을 경험하게 될 것이었다. '언젠가는 낳아야지' 주의로 자연의 섭리와 밀당하던 우리였다. 감히 그러면 안 되는 것이었을까. 느슨하게 2세 계획에 동참한 밤들이 모두 수포로 돌아갔다.

자그마치 1년이었다. 그 많은 정자들은 다 어디로 갔을까? 문제는 있을 수도, 없을 수도 있었다. 언제까지고 여유롭게 운명을 맞이하는 마음가짐으로 사랑의 시간을 보낼 수도 있었지만, 나는 보다 확실한 걸 선호했다. 선택지가 주어진다면 희망고문보다는 포기를 택하고 싶었다. 한창 뜀박질할 삼십대 중반에 하염없이 깜빡거리는 노란불만 들여다보며 좌회전이냐 우회전이냐 허송세월할 수는 없었다. 다른 문을 열어야 한다면 내가 후련하게 열어젖힐 테다. 어릴 때부터 대단한 고집쟁이였다고 엄마와 아빠를 비롯한 첫째, 둘째, 셋째, 넷째 삼촌들이 혀를 내두르던 나. 내 삶의 주도권은 줄곧 내가 쥐고 있어야 했다.

사계절 동안 지속된 운명과의 줄다리기 끝에 우리는 현대의학의 문을 두드렸다. 남편은 간호사의 안내에 따라 기분이 묘해지는 시청각실에 입장했고, 나는 평생토록 적응될 가망이 없어 보이는 산부인과 의자에 반쯤 누워서 몇 가지 검사를 받았다. 결론적으로 원인은 나에게 있었다. 다낭성 난소 증후군. 덧붙여 의사는 통상적으로 1년 이상 정상적인 성관계를 갖고도 임신되지 않는 경우를 난임이라고 한다고 했다. 난임? 우리가 난임부부라니!

병원에서 걸어 나온 시간은 정오쯤 되었다. 정확한 계절도, 요일도 기억나지 않는데 햇살이 참 맑고 밝았던 것만은 생생하다. 날씨란 이기적이지. 우리네 기분이나 상황과는 상관없이 맑았다가 흐렸다가 한다. 하긴 우리 기분도 제멋대로지만. 맑으면 맑아서 슬프고 흐리면 흐려서 슬프다. 내가 슬펐다는 것은 아니고. 우리는 배가 고팠다.

나는 순댓국을 정말 좋아한다. 칼칼하게 끓인 얼큰 순댓국도 좋고, 다대기를 넣지 않은 뽀얀 국물의 순댓국도 좋다. 오소리감투가 잔뜩 들어간 특별 순댓국은 물론이고, 커다란 냄비에 끓여 먹는 술국 역시 좋아한다. 들깻가루가 수북이 쌓인 국물에 흰쌀밥 반 공기를 말고, 새콤한 깍두기 얹어서 한 숟갈 먹으면… 맛있다. 무슨 말이 더 필요하지?

순댓국을 선택했다는 것은 결국 나를 다독이고 싶었다는 뜻이다. 몸이 조금 허하거나, 힘을 쓸 일정이 있거나, 뜨뜻한 국물로 속을 데우고 싶은 날에는 자연스럽게 순댓국을 찾았다. 얇은 소고기 몇 점 올라가 있는 담백한 설렁탕은 어딘가 좀 빈약했고, 우거지와 찐득한 양념 국물이 뒤섞인 뼈해장국은 과했다. 적당히 무겁고 적당히 느끼하게, 다양한 부위의 고기를 건져 먹을 수 있는 순댓국이 딱 적당했다.

우리는 일반 순댓국을 한 그릇씩 시켰다. 순댓국은 어느 식당에서 먹어도 대충 비슷하고 맛있다. 어디에서 먹어도 얼추 아는 익숙한 맛. 그래, 초경이 시작된 중학교 3학년 겨울부터 남편과 산부인과 진료 예약을 하는 순간까지, 어렴풋이 예상하고 있었다. 언젠가 나에게 임신이라는 목적지가 생긴다면, 평지보다는 산이겠구나. 그리고 오랜 시간에 걸쳐 예상했던 결과를 알았을 때의 충격은 그다지 크지 않았다. 그렇게 덜컥 될 임신이었다면 우리의 기나긴 연애 기간 동안 한 번쯤은 실수로라도 되지 않았겠냐며 남편과 낄낄거렸다. 뭐 되게 즐겁지는 않았지만.

원인을 알게 되었다는 것은 끝이 아니라 시작을 의미했다. 의사는 배란을 규칙적으로 잡아주고 활성화시키는 약물과 주사 치료를 권했다. 완전한 포기도, 완전한 희망도 유효하지 않았다. 운명과의 눈치 싸움은 되려 더 독하게 이어질 예정이었다. 원하던 대학에 입학하고, 원하던 직장에 입사하고, 원하던 정직원은 되지 못했지만 원하던 유학길에 오르고, 원하는 부와 명예를 얻지 못했지만 원하는 사람과 결혼을 했다. 그러는 사이 나이는 서른 얼마가 되었고 삶은 본격적으로 나에게서 주도권을 빼앗아가려 하고 있었다.

시간은 다 알고 있다

낙지볶음

생리가 끝나면 산부인과에 방문해서 엉덩이 주사를 맞고, 닷새 동안 정해진 시간에 작은 알약을 삼키고, 의사가 정해준 날짜에 의무적이지만 로맨틱한 숙제를 하는 생활이 네댓 달 동안 이어졌다. 나의 난자가 하던 대로 하겠다고 고집부리는 동안, 나는 인생의 궤도 역시 바꿔버릴 준비를 하고 있었다. 모교의 교수직 채용 공고가 뜬 것이다.

교수의 길을 가고 싶다고 생각한 첫 번째 이유로는 강사로 일하며 느낀 보람이 크게 작용했다. 나는 마음에 무엇이 들어오면 크게 해석하는 경향이 있는데, 강사 경험이 딱 그랬다. 누군가를 양성하는 일은 적성에 잘 맞고 즐거웠다. 게다가 학교에는 여성 교육자가 전무했고, 커리큘럼은 낡아 있었다. 이 땅에 태어난 소명을 발견한 기분을 느껴본 적이 있는지? 아무도 못 말린다. 그리고 두 번째 이유로는 역시, 정년까지 직업이 보장된다는 안정감이었다. 모래성을 쌓는 기분으로 이런저런 일에 기웃거리던 내겐 거부할 수 없는 매력의 파도였다.

하지만 내가 졸업한 학교는 서울에 위치한 사립대였고, 임용 절차가 까다롭기로 유명했다. 서류에는 임용이 되거든 3년 동안 쌓을 (금전적) 실적을 미리 제출하게끔 되어 있었는데, 만약 작성한 대로 채우지 못하면 일자리를 잃어도 타당하다는 조건을 전제로 깔고 있었다. 그러니까 실적을 높게 쓸수록 유리하지만 그만큼 스스로 무덤을 깊게 파 내려가는 꼴이었다. 어리석게도 나는 이 일이 내 인생을 결정지을 위대한 사건이라고 판단해버리고 말았고, 덕분에 압박감이 가히 대단했다. 노트북을 켜고 앉으면 스트레스로 인해 한껏 예민해진 장에 꾸룩꾸룩 신호가 왔다. 그렇게 준비한 서류는 운 좋게 통과했고, 총장실 테이블에 줄지어 앉은 교수들 앞에 앉아서 어필이라는 것을 할 기회까지 주어졌다. 하지만 질문의 질이나 양, 그리고 그것에 대응한 내 대답의 질이나 양 모두 하찮기 그지없었고, 나는 직감했다. 아, 영원한 안녕이구나.

등 뒤로 총장실 문을 닫고 나오자 면접 진행을 담당하는 직원이 "다음 면접이 잡히거든 연락 주겠다."고 작별인사를 했다. 면접이 몇 차까지 있는지 물으니 정해진 것은 없고 최대 6차까지 본 적이 있다고 대답했다. 어차피 상관없었다. 화장실에서 블

라우스를 티셔츠로 갈아입고, 펌프스를 슬리퍼로 갈아 신는 동안, 드디어 하기로 결정했다. 포기. 저 콧대 높은 벽 안에서 할 수 있는 일도 분명히 있어 보였지만 좋아하는 많은 일들을 놔두고 교직원이 된다면 나는 무척이나 불행할 듯했다. 그 사실을 이렇게나 깊이 들어서고 나서야 알게 되다니. 순진하면 꿈도 다채로워진다. 불안정해도 행복하기로 결정한 나는 슬리퍼를 끌고 기분 좋게 매운 짬뽕 한 그릇을 사먹고는 시내버스에 올라 유유히 귀가했다.

인생에서 정말 중요하다고 생각했던 원대한 계획을 포기했을 때의 홀가분함이란. 아이를 포기해도 같은 기분이 들까? 남편과 나는 아이를 그렇게나 확실하게 포기할 수 있을까? 막연하게 임신을 기다리는 것은 어떤 일에 대한 성과를 기대하는 것과는 전혀 달랐다. 일이야 잘 안 풀려도 수습할 수 있고, 더 열심히 하면 되고, 다른 길을 모색해도 된다. 하지만 임신이라는 사건은 언제 어떻게 작용할지 모르는 블랙홀 같은 일이었다. 안에 뭐가 들어 있을지 한 치 앞을 상상할 수 없고, 한번 들어가면 다시는 빠져나

올 수 없는. 게다가 나처럼 다스려지지 않는 마음의 속도를 가진 사람이 고작 한 달에 한두 번 주어지는 기회에 하염없이 미래를 맡기는 일은 무척이나 고역이었다.

우리는 아이가 없는 상태로도 충분히 행복했다. 아이를 갖지 않는다면, 혹은 갖지 못한다면, 부모가 되는 일생일대의 경험은 못하겠지만 대신에 누릴 게 많을 것이었다. 우리는 느슨해지기로 했다. 완전히 포기할 만큼의 확신은 없었지만, 다시금 자연의 뜻에 맡기기로. 그렇게 생각하니 마치 새로운 삶이 시작된 것만 같아 에너지가 불끈 솟았다. 산부인과에 발길을 끊었다. 내 꿈이야 어떻든 박사 과정의 새 학기가 시작되었고, 운 좋게 스타트업 회사에 취직까지 했다. 주중 사흘은 출근을 하고, 이틀은 등교를 하고, 주말에는 과제를 해야 했다.

그랬더니 녀석이 왔다. 며칠간 몸이 으슬으슬하고 감기 기운이 돌았다. 무더위와 맞서는 에어컨 가동이 절정인 8월, 냉방병에 걸렸다고 생각했다. 마침 건강검진이 예약되어 있어서 임신 테스트기를 꺼내보았다. 희미한 두 줄. 자연임신이었다.

다 내려놓았더니 한꺼번에 몰려왔다. 본디 이렇게 살아야 얻는 것인가? 그리고 입덧도 얻었다.

내가 겪은 입덧을 한마디로 정리해보면, 술도 안 먹었는데 해장할 방법도 없는 억울한 숙취다. 결론적으로 한 달 동안 3kg이 빠졌다. 드라마에 나오는 장면처럼 읍, 하며 화장실로 달려가는 일은 없었지만 음식 냄새를 견딜 수 없었을뿐더러 먹고 싶은 게 하나도 없었다. 배 속에 태아가 자라고 있고 나도 살아야겠으니 먹을 수 있는 것을 간신히 입에 넣었다. 대체로 본 재료의 냄새를 강한 양념으로 덮은 음식이었는데 그중 대표적인 메뉴가 단연 낙지볶음이었다.

난이도가 낮은 해물과 매콤달콤한 맛을 좋아하는 사람에겐 낙지볶음만 한 반찬이 없다. 푸드코트 메뉴판에 돌솥비빔밥과 낙지돌솥비빔밥이 나란히 있으면 열에 일곱 번은 낙지를 선택했다. 시어머니는 나의 입덧 소식을 듣고 낙지볶음을 주기적으로 보내주셨다. 식량이 도착하면 소분해서 냉동실에 얼려놓았다가 먹고 싶은 것도 없고 먹을 수 있는 것도 없을 때 후끈하게 달궈진 프라이팬에 빠르게 익혀서 밥에 비벼 먹었다. 지나치게 자극적이지 않고 맛있게 매콤한 양념에 쫄깃하고 통통한 낙지 다리. 가끔은 혼자 동네 낙지볶음집에 가서 덮밥을 시켜 먹기도 했다. 새하얀 밥에 불맛 나는 낙지볶음 푹 떠 올려서 밍숭맹숭 하얀 콩나물 넣고 슥슥 비벼 한입, 얼음 동동 띄운 오이냉채 한입, 뜨끈하고 포슬한 달걀찜 한입.

말로 표현하기도 어렵고 쉽게 공감받기도 어려운 이 육체적 시련을 달래주는 말이 있다면 "입덧이 심할수록 아이가 건강하다."였다. 대단한 신빙성은 없었지만, 적어도 입덧 증상이 있다는 건 태동을 느끼지 못하는 임신 초기에 임신이 유지되고 있다는 사실과 연결 짓기가 수월했다. 그래서 많은 임신부들이 괴로움에 뒹굴면서도 우리 아기 잘 크고 있구나 하며 위안 삼는 것이었다.

남자와 자면 임신을 하고, 임신을 하면 배가 불러오고, 배가 아프면 급하게 차를 타고 병원에 가서 악 악 괴성을 내지르면서 아기를 쑥 낳는 시나리오. 겪어보기 전에는 모두가 으레 떠올리는 지나치게 단순한 과정. 그런데 임신이라는 것은 하는 것만큼 유지도 어려운 일이었다. 임신의 시작은 곧 유산의 가능성도 함께 시작되는 것이었으며, 출산하는 순간까지도 숱한 위험을 헤쳐가야 했다. 건강한 아이를 건강하게 낳는 건 기적과도 같은 일이었다. 하지만 알수가 없지. 세상에는 알려진 이야기보다 말하지 않은 이야기들이 더 많다.

운명이라는 애가 있다면 걔 정말 별로다. 힘도센 게 그냥 좀 해주면 될 것을 이리 꼬고 저리 꼬고어찌나 복잡하게 구는지. 그래도 겪어보지 않았더라면 알 수 없었을 우리의 크고 작은 마음들. 시간은다 알고 있다. 그저 때가 될 때까지 기다렸다가 비로소 알려줄 뿐이다.

상대적이라는 함정

루이보스차

임신부가 되었다는 사실을 알게 된 순간부터 커피보다 많이 마신 음료가 바로 루이보스차다. 태아가 둥실 떠다니는 양수가 맑아진다고 해서인데 정확히 양수가 맑아진다는 게 어떤 건지, 그러면 아기에게 뭐가 좋은지도 모르면서 마셨다. 엄마 마음이란 이토록 맹목적일 때가 있다. 어쨌든 구수한 맛과 향이 종일 입을 축이기에 참 적당했다.

하지만 정작 몸을 얼마나 어떻게 사려야 하는지에 대해서는 무지했다. 임신 8주 차, 노트북 가방을 메고 퇴근한 뒤 친구와 저녁을 먹고 귀가했더니 팬티에 피가 비쳤다. 여보… 여보…! 다급히 인터넷에 검색해본 남편은 있을 수 있는 일이라고 하더라며 들썩이는 나의 등을 다독였다. 대략 그때부터였던 것 같다. 수많은 악몽의 밤들이 시작된 것은. 나는 꿈속에서 많은 아이를 잃었고, 나의 무의식은 호러영화에서도 보지 못할 장면들을 만들어냈다. 임신이란 언제든지 얼마든지 나를 떠날 준비가 되어 있는 변심한 애인과도 같은 존재였다.

친정 엄마는 조심스레 휴학을 제안했고 나는 기꺼이 받아들였다. 주 3일 근무 정도야 감당할 수 있겠지. 11주 차, 코트 앞섶을 여미게 되는 가을이었고 임신 전부터 친구들과 준비한 사진전을 설치하는 날이었다. 검붉은 피 몇 방울에 새가슴이 되어버린 겁쟁이 예비엄마는 자기 몫을 대신해줄 건장한 알바생을 고용하고 가만히 책상에 앉아서 칼질이나 했다. 정말 그것뿐이었다.

다음 날, 여느 때처럼 출근해서 루이보스차를 따끈하게 한 잔 우렸다. 찻잔을 내려놓고, 노트북을 켜 이메일을 확인하고 있는데, 아래에서 왈칵, 하고 뜨거운 무엇이 쏟아져 나왔다. 검은색 바지를 입고 있어서 바로 상황 파악이 되지 않았지만 좋을 리는 없었다. 시끄럽도록 벌렁거리는 심장을 부여잡고 좁은 보폭으로 가까스레 화장실에 도착했다. 피바다가 된 변기를 보고는… 어떤 생각을 해야 했을까. 큰일 앞에서는 감정도 멈추어 선다.

바르르 떨리는 손가락으로 회사 대표에게 전화를 걸었다. 이건 뭐 돌려서 말할 것이 없다. 저 하혈해요. 많이. 남편에게 전화하며 눈물을 쏟고, 엄마에게 전화하며 콧물을 쏟고. 주문한 국밥에 숟가락만 꽂아놓고 왔다는 남편에게 기대어 일어서는 순간 또 다시 왈칵, 하는 느낌에 주저앉아버렸다. 결국 구급대원들이 와서 복도에 널부러진 임신부를 간이침대에 싣고 달렸다. 구급차까지 가는 길에 호기심과 놀라움이 교차하는 행인들의 눈빛과 마주쳤다. 건물에서 나오니 날씨는 좋더라. 난임 진단받던 그날만큼이나. 쨍하게 내리쬐는 햇빛에 눈이 부셔 팔을 들어 얼굴을 가렸다. 내가 할 수 있는 전부였다.

　　구급차는 왜 이렇게 승차감이 나쁜 것일까. 애 떨어지겠다. 응급실에 도착하니 간호사가 초음파를 보려면 방광을 비워야 한다며 화장실에 다녀오라고 말했다. 그렇지 않아도 아까부터 오줌이 마려운 걸 참고 있었는데 마침 반가운 소리였다. 드디어 산부인과 전문의가 초음파를 보았고 과묵한 것인지 피곤한 것인지, 억겁보다도 긴 그녀의 침묵을 기다리고 있으니 모니터가 빙글 돌아 나를 향했다. 그 안에서는 작은 태아가 폴짝폴짝 뛰고 있었다. 별로 참지 않았던 눈물이 또 쏟아지고, 침대에 누워서 수액을 맞으며 남은 눈물을 마저 다 쏟았다. 의사가 다가와 건조한 목소리로 말했다. "많이 놀라서 그런 것 같은데 그렇게 울 일은 아닙니다." 어쨌든 응급실에는 나 혼자였고, 크게 소리내어 울 만큼 다 울고 나서 퇴원했다. 그리고 그렇게 고대하던 사진전 오프닝에는 참석하지 못했다.

21주 차, 이번에는 양수가 새는 것 같다며 3차 병원으로 전원시켜주었다. 알고 보니 양수가 새는 건 피가 나는 것보다 더 심각한 일이었다. 물고기가 사는 어항에 구멍이 난 것과 똑같다. 천만다행으로 양수는 새고 있지 않았으나 아기 심장에 작은 구멍이 있다는 소견을 받았다. 어항이 문제가 아니라 심장이라고? 그날 처음 만난 의사는 자기도 처음 본 부부에게 추상적이고 단순한 심장 그림을 그려주면서 어려운 이야기를 전했다. 약 1mm의 작은 구멍이 발견되었고, 단순 구멍이냐, 복잡한 심기형으로 발전하느냐의 기로에 있다는 것이었다.

온전한 출산까지 반이나 남은 여정, 앞으로 어떻게 될지는 아무도 몰랐다. 나는 강한 절망과 강한 희망, 약한 절망과 약한 희망 사이를 수천 번 오갔다. 태어나서 단 한 번 기적을 기대할 수 있다면 바로 지금이길. 내가 가진 모든 걸 내놓을 수 있는 기회가 주어진다면 바로 지금이길.

시간은 평정심을 유지하며 자기 페이스대로 흘렀다. 나는 눈을 뜨고 감는 모든 순간 기도를 올리고, 근심이 커지면 울었다가 아무 일 없는 것처럼 웃기도 했다. 인터넷을 너무 뒤져서 더 이상 읽을 걱정거리가 없었고, 태교에 나쁠까 봐 좋은 책을 구해서 읽기도 했다. 여전히 아침저녁으로 따뜻한 루이보스차를 우려 마시고, 더 이상 낙지볶음은 먹지 않아도 되었다. 학교는 휴학하고, 회사는 퇴사했다.

어느 날 밤에는 배가 자꾸 단단하게 뭉치는 느낌이 들었는데, 불길하게도 10분에 한 번씩 신호가 왔다. 하필 남편이 회사 워크숍으로 자리를 비운 날이라 혼자 옷을 주섬주섬 주워 입고는 택시를 불렀다. 가진통이라면 조산의 위기까지 그야말로 풀 패키지로 경험하게 될 것이었다. 불이 다 꺼진 응급실에서 처음 보는 간호사 앞에 다리를 벌리고 내진을 받았다. 문제없다는 얘기를 듣자 간사하게도 괜한 수고를 했다는 생각이 스쳤다. 그 이후로도 가벼운 하혈이나 배뭉침 같은 증상은 수시로 나타났고 나는 작은 위험 신호들에 익숙해져갔다. 웬만큼은 유산의 위험에서 벗어났고, 조산의 가능성도 낮아 보였다. 아니, 그보다 아기의 심장 문제가 너무 거대해서 다른 문제들은 별로 눈에 들어오지 않았다. 팔이 부러지는 것과 손가락을 벤 것 정도의 차이랄까.

확률이라는 것은 남 얘기일 때나 하는 소리지 나에게 적용되면 0 아니면 100이 된다. 역아들은 97%의 확률로 돌아선다고 했는데 내 아기는 나머지 3%에 해당되어 끝까지 거꾸로 자세를 유지했다. 제왕절개 당첨이라는 뜻이다. 산모의 복부를 손으로 밀어 아기를 돌리는 역아회전술로 유명한 의사들도 있었지만 만에 하나 조산할 수도 있다는 얘기를 들었다. 만에 하나! 만에 하나도 안 되는 확률로 구멍이 생겼는데! 제왕절개, 합시다.

39주 차. 나는 수술을 하루 앞두고 출산가방을 쌌고, 마지막 루이보스차를 우렸다.

그냥 그런 거야

금지 식품

임신 중에 권장하지 않는 음식 가운데 하나가 바로 초밥이다. 날것 자체가 문제라기보다는 괜히 탈이 나면 임신부는 약도 못 먹고 일이 커질 수 있기 때문이다. 그런데 입맛 없을 때 가장 당기는 맛이 바로 시큼새큼 상큼한 맛 아닌가. 밥알이 알알이 탱글한 한입 크기의 초밥. 새콤하고 개운하고 톡 쏘는 그 맛. 먹지 말라고 하니 괜히 더 먹고 싶다. 사실 초밥 조금 먹는다고 어떻게 되는 것도 아니다. 그런데 난 식중독 한 번 걸려본 적도 없으면서 고지식하게 완전한 안전을 택했다.

남편은 출근하고 혼자 집에서 저녁 메뉴를 고심하던 날, 한계에 다다랐다. 자기 측은지심이 치솟았다. 외출도 못하고 공부도 못하고 일도 못하고 먹고 싶은 것도 못 먹는다니. 익힌 새우초밥이라도 먹어야겠다. 식당을 뒤지고 뒤져 남편이 퇴근길에 한 접시를 포장해 왔다.

초밥이다! 최고는 아니지만 최선의 새우초밥! 진한 간장에 부슬부슬 고추냉이를 풀고, 차갑게 익은 새우살을 콕 적신 후 한입 가득 넣었다. 이게 아니잖아! 이건 초밥이 아니야! 새우초밥은 영롱한 날

생선들 사이에 있을 때 하나쯤 애교로 먹어주는 거지, 이렇게 한 판씩이나 푸짐하게 먹는 메뉴가 아니라고! 한들 별수 있을까. 나는 면역력이 떨어지고 호르몬이 날뛰는 임신부였던 것을. 푹 익은 새우초밥 몇 개 집어 먹으며 우울한 저녁 하나를 더 기록했다.

술은 절대, 커피는 조금, 그리고 약. 약도 음식이라면 금지 항목에 포함된다. 의외로 모든 약이 해당되진 않는다. 임신 중에 찾아오는 극심한 변비를 해결해주는 약도 있고, 순간을 포기하고 싶을 만큼 힘든 입덧을 완화시켜주는 약도 있다. 배 속에 태아가 자라고 있다고 해서 모든 고통을 참기만 해야 하는 것은 아니다.

그런데, 모르고 먹었다면? 나는 임신한 사실을 모르고 감기약을 먹었다. 오래전부터 이런 유의 경험담을 가십처럼 들어왔다. "감기인 줄 알고 약 먹었는데 아무 문제 없었어." 임신을 확인하기 위해 병원을 찾았을 때 나도 물었다. "감기약 먹었는데 괜찮을까요?" 의사는 이런 질문을 하나쯤 예상했다는 표정으로 대답했다. "괜찮아요." 그런데 괜찮지 않았다.

아기의 심장은 우리가 그런 대화를 태연하게 나누고 있을 때부터 이미 아팠다. 임신 극초기에 뭘 잘못 먹으면, 그러니까 술을 왕창 마시거나 담배를 줄창 피우거나 독한 약을 먹으면 아픈 아기가 태어날 수 있다. 혹은 아무런 이유 없이.

생각이 너무 많아지는 밤에는 과거를 뒤졌다. 약을 며칠에 먹었지? 철없던 인스타그램의 기록과 병원에서 받아 온 초음파 사진의 날짜를 비교하면서 감기약 때문이 아니라는 사실을 눈으로 확인했다. 하지만 내 잘못이었다. 아니다. 내 잘못이 아니다. 누구의 잘못도 아니다. "선천성 심장병은 대부분 원인 불명입니다." 의사들이 해준 이 말, 전문서적과 인터넷에 반복해서 나오는 이 말을 사실로 받아들이기까지 아주 오래 걸렸다. 원인 불명이라는 단어는 죄책감에 절절매는 부모들을 달래주기 위해 전문가들이 논문에 써놓은 비밀코드처럼 느껴졌다. 원인을 알 수 없다면, 그냥 운이 나쁜 건가요? 답답하게도 이런 일에 논리가 끼어들 자리는 없다.

그냥 그런 것이다. 산다는 것은.

까다롭고 자연스럽게 흐른다

물

나는 작명에 대단한 욕심을 가지고 있다. 남미에 살 때 지은 현지 이름 '룬아'는 지금의 활동명이 되었다. 지인들의 브랜드나 가게 이름을 짓는 일에도 종종 열정적으로 오지랖을 부렸다. 인터넷이나 책을 뒤져서 찾은 단어들과 머릿속에 있는 단어들을 조합하고, 말의 어원을 찾고, 의미와 가치를 담는 동시에 부르기 좋고 보기에 예쁘고 기억에도 잘 남는, 그런 이름들을 만들어내는 행위는 창작의 짜릿함을 상기시켜주었다.

아이의 이름 짓기는 내가 평생 몇 번 경험해보지 못할 중대한 이름 프로젝트 중 하나가 되었다. 좋은 사주를 담은 이름을 받을 수도 있었지만 나는 작명소를 선호하지 않았다. 사주에 대한 불신이라기보다 작명소마다 다른 이름을 준다는 점이 복불복으로 느껴졌기 때문이다.

"안녕하세요, ○○○입니다." 자기소개의 첫 문장으로 시작해서 타인으로부터 많이 불리기도 하고 정체성의 상당 부분을 차지한다는 점에서, 이름이 삶에 유의미한 영향력을 행사한다는 점은 부정하기 어렵다. 그래서 더욱 아이의 이름을 직접 짓는 건 가볍게 덤빌 만한 일이 아니었다. 하지만 나는 또다시, 굳이, 개입하기로 했다. 정 문제가 있거나 아이 마음에 안 든다면 개명하면 되지.

그런데 사실은, 개명해서 인생이 갑자기 풀렸다는 얘기도 못 들어봤다. 세상만사에 이름 핑계 댈 사람이라면 어차피 핑곗거리는 널리고 널렸을 것이다. 한편으로는 온전한 자기 의지로 개명한 친구가 있는데, '지은'이라는 이름에 '진진'이라는 애칭이 생겼고 그걸 본명으로 만들어버렸다. 브랜드 대표인 친구에게 새 이름은 강한 아이덴티티가 되었고 그만큼 주도적인 정신으로 회사와 삶을 운영하고 있다. 성장하는 인생은 사주팔자에 맞춰서 지은 이름 때문이 아니라, 사소한 듯한 부분까지 스스로 개척하는 사람의 것이다.

내가 생각하는 아이 이름의 조건은 이러했다. 먼저, 다양한 국적의 사람들이 부르기 좋도록 받침이 없었으면 했다. 더 많은 경우에서 받침 없는 이름이 부르기 쉽고 글씨로 쓰기도 쉬울 것이다. 또한 다른 언어로 읽어보았을 때 이상한 뜻으로 변신하면 안 되었다. 예를 들어 Bob을 한국어로 바꿔 말하면 '밥'이 되는데 먹는 밥 정도야 문제없지만 정말 이상한 뜻이 되어버리는 경우가 종종 있다. 그다음으로, 적당히 독특했으면 했다. 대학에서 출석을 부르며 많이 느낀 점은 아무래도 이름이 특이한 학생들이 더 빨리 머리에 들어온다는 것이었다. 게다가 이제 퍼스널 브랜딩은 기본 아닌가. 잘 지은 이름만 가지고도 많은 걸 할 수 있을 것이었다.

한편으로는 너무 튀는 것도 경계해야 했는데, 기억에 남는 것은 좋지만 눈에 띄는 것이 좋다고만은 할 수 없었기 때문이다. 어린 학생들은 이름만 갖고도 충분히 놀림거리를 만들 수 있고, 그건 군대에 가서도 마찬가지라고 어느 군필자가 말해주었다. 또한 가지 조건은 나이가 들어도 괜찮을 것. 바꿔 말하면 너무 트렌디하지 않았으면 했는데 반백 년 뒤까지 상상할 수는 없었지만 아이가 태어나는 시점에 유독 인기가 많은 이름들의 뉘앙스 정도는 알 수 있었다.

그리고 마지막으로, 아빠의 성을 따를 것이라면 나머지 한 글자 정도는 내 이름에서 가져오기를 바랐고 그래서 '윤'과 '호'가 자동으로 완성되었다. (성이 '윤'이고 내 본명에 '호'가 들어 있다. 아빠의 성을 택한 이유는 단순히 이름 짓기에 더 예뻤기 때문이다.)

내 사주를 보면 '물'이라고 했다. 물에도 두 가지 종류가 있는데, 콸콸콸 폭포처럼 쏟아지는 물이 있는가 하면 시냇물처럼 졸졸졸 흐르는 물이 있단다. 내가 바로 후자다. '계수(溪水)'라고도 하는 이 부류는 이리저리 자유롭게 흘러다니면서도 크게 내지르는 법이 없다고 했다. 나는 가둬놓으면 답답해서 어떻게든 움직여야 했지만 마냥 풀어놓는다고 거대한 사업을 일으키거나 전에 없던 영역을 개척하는 타입은 못 되었다. 내가 길을 트고 또 길이 나를 이끄는 대로 움직였으며 그게 결국 한 치 앞을 가늠할 수 없는 삶의 형태를 만들었다. 매 순간 가치관에 맞는 선택을 하고 열과 성을 다하지만 그 선택을, 그 열과 성을 어디로 이끌고 갈지는 삶이 하는 일이었다. 나는 그저 졸졸졸 흐르는 물이었다.

아이의 이름은 '호수'로 결정되었다. 윤호수. 어쩐지 예술가로 나이가 든다 해도 썩 잘 어울릴 것만 같은 이름. 너의 시대에도 인스타그램이나 유튜브 같은 것이 있다면 괜찮은 아이디를 만들 수 있을 이름. 거창하진 않지만 맑은 소리로 봄을 깨우고 강으로 바다로 흘러가는 시냇물 같은 나의 사주를 닮은 이름, 호수. 너의 물 안에 송사리와 개구리가 살고 물풀도 자라고 무지개가 떴으면 좋겠다. 이 이름이 너를 어디로 데려가줄지는 살아봐야만 스스로 알게 될 부분이지만. 나는 내 선에서 가장 까다롭고 자연스러운 선물을 고를 수 있을 뿐이고. 마침 사주에 좋은 한자를 뽑아주는 애플리케이션이 있어서 이름과 출생일시를 입력해보니 '맑을 호' '깊을 수'가 나왔다. 맑고 깊은 호수라니 나와 천생연분이로구나.

실질적으로 의미 없는 일일지라도

모유

호수의 생일은 5월 9일, 어버이날 다음 날이다. 의사는 8일과 9일이라는 두 개의 옵션을 주었는데 대단한 차이도 아니지마는 굳이 어버이날을 고르진 말자고 했다. 호수에게 준 첫 번째 생일 선물이었다.

수술장으로 향하는 침대에 누워서 확인한 마음은 설렘도 긴장도 아닌 후회였다. 내가 미쳤지, 임신은 왜 해가지고 이런 고생을 사서 하나. 이렇게까지 모든 걸 다 경험하며 살아야 할 필요가 있어? 의미 없는 신경 회로를 돌리고 있으니 엄마와 아빠가 근심이 서린 표정으로 나를 내려다보았다. 우리 부모님은 아주 쉽게 심각해지는 경향이 있다. 애를 낳는 것도 아니고 꺼내러 가는데 뭘 그래, 라며 나는 부모님의 무거운 표정을 툭툭 털어주었다.

험난했던 임신과 달리 출산 과정은 큰 탈 없이 진행되었다. 다만 나는 전신 마취가 아닌 하반신 마취를 하게 되었는데, 그 말은 곧 수술장에서 나는 모든 소리를 들을 수 있다는 뜻이었다. 다른 것보다 나는 나의 상상력이 제일 두려웠다. 언제나 실제 고통보다 머릿속에서 확대되어 펼쳐지는 장면들이 정신을 혼미하게 했다. 초등학교 때 예방접종을 하러 가서도 쓰러지고, 친구가 곪은 귀에서 귀걸이를 빼줄 때도 쓰러지고, 안과에서 다래끼를 째고 나서도 쓰러졌다. 그리고 수술장에서 "메스!"라는 말을 듣자마자 나는 누워 있지만 쓰러질 것이었다. 아기가 나오는 순간, 의식을 잃을 수는 없었기에 의사에게 허락을 받고 이어폰을 꽂았다. 2018년 5월 9일 오후 2시 30분, 임신 기간에 즐겨 들었던 영화 〈라라랜드〉 OST 〈Another Day of Sun〉으로 현장 소리를 차단하며 출산했다.

호수는 태어나자마자 구겨진 얼굴 한 번 보여주고는 신생아 중환자실로 직행했다. 상태가 어떤지 지켜보아야 했을 것이다. 품에 안을 새도 없었을뿐더러, 울음소리가 제대로 나는지에 온 신경이 쏠려서 출산에 으레 동반되는 감동 같은 것은 별로 없었다. 어쨌든 씩씩하게 세상 빛을 보았으니 되었다. 한껏 쫄아 있던 마음을 펴니 마취과 교수는 나를 재우고 산부인과 교수는 아랫배를 곱게 봉해주었다.

아기는 괜찮았는지 금방 우리 곁으로 돌아왔다. 출산한 병원은 모자동실이 원칙이었는데, 그 말인즉

슨 웬만해선 신생아실에서 아기를 맡아주지 않고 산모와 병실에서 함께 생활하게 한다는 뜻이다. 말로만 들으면 굉장히 인도적으로 느껴지지만 몇 시간 전에 인간을 낳고 스스로 앉을 수도 없는 수술 환자가 갓 태어난 신생아와 붙어 있는 것은 육아가 아니라 극기훈련이다. 출산 다음 날부터 나의 두 가슴은 착실히 모유를 생산하기 시작했다. 예습한 이론에 맞춰 자신 있게 젖을 물려보았지만 모든 것이 처음인 모자의 서툰 손발이 맞을 리 없었다. 호수의 작은 위는 채워지지 않았고 나의 젖꼭지에는 피가 맺혔다. 그러든 말든 사정 봐주지 않는 유방 두 짝은 태어나서 처음 맛보는 새로운 종류의 고통을 소개하고 있었다.

한 시간 간격으로 우는 아기를 돌보기 위해 밤새 딱딱한 보호자 침대에서 눕고 일어서기를 반복한 남편은 허리와 둔부에 묵직한 근육통을 얻었다. 나는 나대로 여기저기가 아프고 이것저것이 어려워서 허둥지둥했다. 우리는 기절하듯이 새까만 잠에 빨려들었다가 식사를 요구하는 울음소리에 화들짝 기상하기를 반복했다. 요기와 굶주림을 오가는 호수 인생의 첫 3박 4일이 지나갔다.

조리원에 도착하자마자 남편은 짐을 풀고, 나는 앞섶을 풀었다. 목소리가 카랑카랑하고 야무진 실장이 응급조치로 가슴 마사지를 해주었다. 생판 모르는 타인이 나의 은밀한 신체를 만지작거리고 있다는 사실이 아무렇지도 않았다. 빨리 고통에서 벗어나고 싶은 마음뿐. 이를 악물고 견디니 비로소 가슴이 조금 말랑해졌다. 실장이 한 손에 들고 있던 수건이 모유로 흠뻑 젖었다.

가슴의 통증은 젖을 제때 빼주지 않으면 생긴다. 가슴이 후끈후끈 뜨거워지고, 안에 벽돌이 든 것처럼 단단해진다. 몸에서 생산하는 모유 양은 아이가 먹는 양과 패턴을 맞추면서 자연스럽게 자리를 잡는데, 그러기까지 수개월이 걸리기도 한다. 많은 엄마들이 커튼과 수유복으로 가려진 자리에서 말 그대로 가슴앓이를 하는 것이다. 나는 양이 과하게 많은 것도, 적은 것도 아니었다. 문제가 있다면 호수와 패턴을 맞출 기회가 별로 없었다는 것이다.

호수는 젖 빨기를 힘겨워했다. 엄마의 젖을 빠는 게 젖병을 빠는 것보다 60배의 힘이 든다고 하니 얼마나 숨이 가빴을까. 그래서 너무 힘들지 않을 정도만 물리고 나머지는 유축해서 젖병으로 먹였다. 그러기 위해 나는 대부분의 모유를 유축기로 짜내야 했다. 유축기에 호스로 연결된 깔때기를 가슴에 대고 한 줄기씩 쭉쭉. 그것도 세 시간에 한 번씩 알람을 맞춰놓고 하루에 일고여덟 번을.

조리원 2주 차, BCG 접종을 하고 돌아와 한숨 돌리고 있으니 원장이 나를 찾았다. 아기의 숨 쉬는 모습이 심상치 않다는 것이었다. 원장은 응급실에 가야 한다고 말했다.

정신이 아득해지는 와중에도 유축을 해놓고 출발하겠다고 했다. 일단 호수의 상태가 1분 1초를 다투는 것은 아니었고, 병원에 얼마나 있게 될지 모르는데 젖이 차버리면 너무 힘들어질 것 같았다. 다른 사람들 눈에는 내가 꽤나 느긋해 보였을 것이다. 원장은 내가 차분해서 좋다고 했다. 하지만 나는 지난 20주 동안 이미 많은 양의 감정을 소진한 상태였다. 눈앞에서 일어나는 일 중 새로울 것은 하나도 없었다. 그리고 구멍 하나만 막으면 되는 단순한 수술이

라는 의사의 말을 철석같이 믿었다. 그냥 그래야만
했다.

　태어난 지 보름도 되지 않은 아이를 안고 차에
오르는 동안 엄마와 아빠가 소식을 듣고 병원으로
달려왔다. 아기는 하나, 어른은 넷. 엄마와 아빠는
복도 의자에 말없이 앉아서 무엇을 기다리는지도 모
르는 채 마냥 기다렸다. 나는 화장실 앞 통로를 서성
이며 눈시울이 빨개지지 않도록 고개를 쳐들고 침인
지 눈물인지를 삼켰다. 꼴깍꼴깍 소리가 귓구멍 속
에서 울렸다. 가슴으로 운다는 게 어떤 느낌인지 처
음 알게 되었다. 그리고 호수는 그길로 신생아 중환
자실에 입원했다.

　나는 혼자 조리원으로 돌아왔다. 그곳에 아기가
없는 산모는 나 하나였고 하루종일 유축을 하는 산
모도 나 하나였다. 유축한 모유는 모유팩에 저장해
서 병원으로 가져다주었다. 먹이는 품은 남일지 몰
라도 먹는 것만큼은 나에게서 나온 것이길 바랐다.
호수의 수술 날짜가 잡히고, 나는 예약한 조리원 생
활을 꽉 채우고 퇴실했다. 어쩌다 호수의 사연을 알
게 된 두어 명의 산모가 나를 보고 씩씩하다고 했다.

생명력 넘치는 전쟁터 사이에서 우울해질 법도 했는데 그보다는 몸조리를 잘해서 아기에게 돌아가야 한다는 의지가 더 컸다.

　　호수가 병원에서 삶의 첫 산을 넘는 동안 집에서는 아기 침대와 신생아용 기저귀 같은 것들이 소모되지 못한 채 무력함만 상기시켰다. 새벽에 밥 달라는 아기 울음소리 대신 알람이 울리고, 어두운 거실에서 혼자 젖을 짰다. 캄캄한 공간에서 30분가량 반복적인 펌핑 소리를 듣고 앉아 있으면 호수의 모습이 아득하게 떠올랐다. 그 시간을 이기기 위해서는 전혀 다른 세상의 힘이 필요했다. 휴대폰을 켜고 예능 프로그램을 틀었다. 그러면 잠깐이라도 바보처럼 웃을 수 있었다. 가끔은 피로감에 지쳐 그냥 자버릴까 하는 유혹도 일었지만 모유 양이 줄어들까 걱정이 됐고, 어차피 젖이 차는 통증에 그럴 수도 없었다. 무엇보다 나에게 유축이란 희망과 같은 의미였다. 이 상황을, 호수를 포기하지 않는다는 의지의 행위. 조만간 네가 이 모유를 다 먹어줄 거란 확신. 그래서 계속 짰다. 그렇게 냉동실에는 주인을 기다리는 모유가 한 칸, 두 칸, 세 칸째 채워지고 있었다.

아이는 결국 퇴원할 수 있었고, 동시에 지긋지긋한 유축 생활도 청산할 수 있다는 기대감에 설레었다. 하지만 병원에서 콧줄과 젖병에 길들여진 아이는 직수를 거부했다. 결정적으로 단유를 결심하게 된 것은 호수의 선택 때문이었다. 호수는 분유를 선호했다. 냉장고에 보관해둔 모유를 데워주면 배고픔에 꿀떡꿀떡 넘기다가도 금세 울음을 터뜨렸다. 가만히 코를 대보니 철분 때문인지 비릿한 쇠 냄새가 풍겼다. 그러던 어느 날, 새벽 4시에 일어나 혼자 비몽사몽으로 유축을 하고, 아침에 그 모유를 온몸으로 거부하는 호수를 보고 바로 단유 마사지를 신청했다. 너는 즐기고, 나는 자유하자. 너에게 주는 사랑은 다양한 모양을 하고 있을 테고 그중 몇 가지는 너의 입맛에 안 맞을 수 있겠지. 우리 즐거운 동행을 하자.

전문 마사지사가 집으로 와서 남은 젖을 체계적으로 짜주었고, 내 가슴은 더 아프지 않았다. 호수 생후 5개월 때의 일이었다.

끝날 때까지 끝난 게 아니다

아보카도 명란 비빔밥

그러지 않아도 충분히 정신없는 산후조리원에는 다양한 행사가 준비되어 있다. 이미 대단한 비용에 또 대단한 비용을 추가하면 하루도 빠짐없이 마사지를 받을 수 있다. 도무지 따라 하기 힘든 기초요가 수업도 있고, 응급처치 강연과 더불어 어린이 보험 가입을 권하기도 한다. 조리원에는 2주 정도 머무르는 것이 일반적인데, 일주일에 한 번씩 스튜디오에서 나와 신생아 촬영을 해준다. 내가 있던 곳의 촬영날은 매주 목요일이었다. 입소한 첫 주에 촬영하려고 했는데 다른 엄마들이 아기 얼굴이 일주일 정도는 영글어야 더 예쁘게 나온다고 해서 한 주 미루기로 했다. 호수가 응급실에 실려간 것은 둘째 주 수요일이었다.

산전 초음파는 정확하지 않을 수 있다. 임신부의 커다란 배를 거쳐 태아의 작은 심장을 살피는 기술이 대단하기는 하나 완전하지는 않다. 태중 받은 진단은 심실중격결손으로, 심실과 심실 사이에 구멍이 난 것(정확히 말하면 완전히 닫히지 못한 것)인데 선천성 심장병 중에 가장 빈도가 높으며 가벼운 축에 속

해서, 맹장수술 정도의 마음가짐을 가지면 된다고
했다. 한 번의 수술로 완전교정이 되고, 제때 치료해
주면 완치된다는 것. 이것만으로도 절망이었고, 이
것만이기에 희망이었다.

　호수가 입원한 다음 날 면회를 가니 담당의가
나타나 정확한 진단을 위해 CT 촬영을 했다고 했다.
그리고 구멍이 다가 아니었다. 폐정맥 한 개가 잘못
붙어 있다니요? 그게 무슨 말이야. 다행이라면 이
역시 한 번의 수술로 교정이 가능하고, 심지어 구멍
이 없었더라면 수술하지 않고 지켜봐도 되는 병이었
다. 하지만 비교적 가벼운 일도 둘이 만나면 무겁게
꼬여버린다.

　호수 입맛에 맞는 공갈 젖꼭지와 모유를 며칠간
배달하고 나니 수술날이 되었다. 의료진은 구멍을
꿰매는 김에 혈관도 제자리로 옮겨주기로 결정했다.
체온을 유지하기 위한 거즈 비니를 쓰고, 마침 잠이
들어 평온한 얼굴을 한 나의 작은 아기가 인큐베이
터에 담겨 수술장으로 향했다. 수술장 입구의 분위
기는 생각보다 사무적이었다. 최악의 시나리오를 듬
뿍 담은 동의서에 서명을 하자, 의사는 최선을 다하

겠다는 말을 남기고 우리에게는 허락되지 않은 공간으로 들어섰다. 돌돌돌 꿈결 속으로 실려 들어가는 아이의 뒷모습을 지켜보고 나서 유축을 하기 위해 택시로 집을 두어 번 오가니 여섯 시간의 수술이 끝나 있었다.

"수술 잘되었습니다."

이 말의 사정거리가 어디까지인지 이때 처음 알았다. 의사는 계획한 대로 집도했고, 수술의 모든 단계들이 원칙대로 이행되었다. 그리고 그 뒤에 따라오는 회복이라는 과정은 온전한 환자의 몫이었다. 내일이면 가겠지, 내일이면 가겠지. 아무리 길어야 2주 정도면 퇴원할 줄 알았던 호수는 한 달 반 동안 집에 가지 못했다.

기약 없는 시간만큼 중환자실 면회도 길어졌다. 면회는 오전과 오후, 하루에 두 번 가능했는데 두 명의 보호자가 교대로 환자를 볼 수 있었다. 24시간 동안 도합 30분간 아기를 볼 수 있는 것이다. 병원은 우리 집과 친정에서 엎어지면 코 닿을 곳에 있어서, 매일같이 중환자실 앞에서 부모님을 만나 아침인사를 나누었다. 엄마와 아빠는 매일 같은 옷을 입고, 같은 가방, 작은 물병 하나를 들고 와서 두꺼운 문밖에서 기다렸다. 그 앞에서 우리가 찍은 호수의 사진과 동영상을 보고 또 보고, 첫 손주를 그렇게 마음속에서 키우고 있었다.

중환자실 앞의 풍경을 말과 글로 설명하기는 매우 어렵고 죄송스럽다. 누군가는 환자의 회복 소식에 가벼운 마음으로 대화를 나누고, 누군가는 말없이 손톱을 뜯었다. 누군가는 간절한 눈빛으로 의사 앞에서 허리를 굽히고, 누군가는 선 자리에서 찢어지는 울음을 터뜨렸다. 모두 다르고 닮은 사적인 상황들이 슬라이딩 도어 두 개 폭만큼의 차가운 타일 바닥 위에서 엉켰다.

호수는 자고 있을 때도 있고, 깨어 있을 때도 있고, 울고 있을 때도 있었다. 자고 있으면 편안해 보여 좋으면서도 엄마가 왔다 갔다는 사실을 알려줄 방법이 없어서 아쉬웠다. 깨어서 놀고 있을 땐 노래를 불러주거나 이런저런 이야기를 들려주고 왔다. 울고 있을 때는 어쩔 수 없이 마음이 아픈데, 몸에 줄이 많이 달려 있어서 안아주는 것이 어려울 뿐만 아니라 인공호흡기(아기들은 기관 삽관을 한다.)를 하고 있으면 목소리가 나오지 않아 마치 음소거 화면을 보는 것 같기 때문이다. 내 아기의 소리 나지 않는 울음은 충격적일 만치 속상하다. 신생아가 눈빛으로 전하는 슬픔이라니 그런 것은 배우게 하고 싶지 않았다, 정말.

부모님은 이런 때일수록 잘 챙겨 먹어야 한다며 오전 면회가 끝나면 꼭 병원 안에 있는 식당으로 날 데려갔는데, 하루는 하필 주문한 식사가 상황에 비해 지나치게 화려한 아보카도 명란 비빔밥이었다. 메뉴마저도 특이했던 날. 호수의 슬픈 눈이 자꾸 아른거렸다. '엄마, 배고파.' '엄마, 안아줘.' '엄마, 나 왜 두고 가?' '엄마.' '엄마.' 무슨 말이 하고 싶었을까. 나를 똑바로 바라보며 우는 모습이 마음에 각인되어버렸다.

웬 아보카도 명란 비빔밥. 목이 메어 밥알을 삼키기 어려웠다. 꾹꾹 참으며 숟가락을 쑤셔 넣다가 순간적으로 감정줄을 놓치는 바람에 커다란 밥그릇에 고개를 푹 숙인 채 맥없는 눈물만 줄줄 흘렸다.

부모님은 아무 말 없이 자리를 지켰고, 난 가까스로 마음을 추스르고는 방금 전의 취약함을 후회했다. 자식의 눈물을 그저 지켜볼 수밖에 없는 부모의 마음을 나는 아직 온전히 알지 못한다.

끝이 있기는 한 건시, 있다면 그 끝은 무엇일지, 막연함이 주는 두려움이 이렇게나 거대하다는 걸 다시금 깨닫는 시기였다. 간신히 정신 차리고 있다가도 울다 지쳐 잠이 들었고, 시커먼 위안 같은 잠에서 깨어나는 게 무엇보다 무서웠다. 누가 나에게 살면서 가장 힘들었을 때가 언제냐고 물어보면 1초도 고민하지 않고 대답할 수 있게 되었다. 힘들기는 너무나 힘들었지만 세상의 더 많은 사연들과 공감할 수 있는 힘이 생겼다. 에헤이. 그런 거 없어도 괜찮은데 신이 나를 과대평가했네. 그냥 좀 넣어두시지.

나는 가끔 내가 무섭다

금식

호수의 입원이 길어진 이유는 심장도 혈관도 아닌 유미흉이라는 후유증에 있었다. 젖과 비슷한 액체가 가슴막 안에 고인 상태. 수술하다 보면 림프관을 잘못 건드려서 그럴 수도 있다고 했다. 림프관은 워낙 얇고 복잡한 데다가 심지어 신생아의 몸이라니, 아무리 실력 있는 의사라고 해도 복불복일 것이다. 그렇게 생각하기로 했다. 애초에 명확한 이유 같은 게 있었나?

　　작은 몸의 명치 즈음에 꽂아놓은 관에서 뿌옇고 노란빛을 띤 유미가 흘러나왔다. 면회를 갈 때마다 배액양 확인하는 것이 우리의 일과가 되었다. 1ml라도 줄면 환호하고, 1ml라도 늘면 절망했다. 며칠간 특수분유 지침이 내려왔지만 효과를 보지 못하고 결국 금식을 시작한다고 했다. 수술 후 회복 중인 신생아가 금식이라니. 그마저도 2주 정도 굶어보고 별다른 효과가 없으면 수술이 가장 현실적인 대안이라고 했다. 호수의 몸에 바늘이 하나 더 들어갔다. 금식하는 아기에게 영양 보충용 수액을 넣어주기 위해서였다.

　　그런데 먹는 것도 없는 아기의 얼굴이 어쩐지 좀 부어 보였다. 기분 탓인지 숨 쉬는 것도 좀 불편

해 보였다. 의사에게 얘기하니 자기가 봤을 때는 아주 편해 보이더라고 답했다. 내가 너무 예민한가? 하지만 내 아이를 나만큼 자세히 들여다봐줄 사람이 있을까. 의사는 유능했지만 너무 바빴다. 잘 안다는 것은 많은 지식을 갖고 있다는 것과 다르다. 지식과 관심은 다른 종류의 능력치이다. 자기 자식에 대해 엄마(주양육자)만 한 전문가는 어디에도 없다.

그러던 어느 날의 이상한 시간, 그러니까 병원과 상관없는 시간에 휴대폰 화면 위로 낯선 유선 전화번호가 떴다. 일상의 선로에서 벗어난 일들은 불안하거나 설렌다. "아기 호흡이 나빠져서 인공호흡기를 다시 달아야 하는데 보호자 동의가 필요하니 빨리 오세요." 구름 위를 걷는 느낌은 기분이 좋을 때 쓰는 말 아니었나? 건물의 회전문을 밀어젖히고, 아프거나 아프지 않은 사람들 사이를 헤치며 뛰어가던 장면만 기억이 난다.

원인은 수술한 폐정맥이 막힌 것이었다. 의사는 새로운 혈관이 길을 틀 것이라고 호언장담했고 우리는 그저 의지했다. 어느 날에는 수술하지 않을 수도 있겠다고 얘기했고, 그러다가 또 수술해야 할 것 같다고 말하는 날도 있었다. 수술을 한다면 당장 할 것인지 조금 더 지켜볼 것인지 우리보고 결정하라고도 했다. 지켜본다는 것은 그만큼 금식을 더 한다는 뜻이었다. 호수는 어떻게 하고 싶을까. 빨리 치료하고 밥을 실컷 먹는 게 더 좋을까? 아니면 수술은 두 번 다시 하고 싶지 않을까? 2주가 넘도록 그 작고 본능적인 입안에 허락되는 건 고무맛 나는 공갈 젖꼭지뿐이었다. 평생 이렇게나 무거운 결정을 내려본 적이 없다.

　　화상 입은 피부마냥 1분 1초가 소스라치게 생생한 날들에 진절머리가 나는 때도 있었다. 남편과 차를 타고 중환자실로 가는 길에 이런 말을 했다. 내가 인생을 복잡하게 만드는 것 같아. 혼자 살면 단순하지 않았을까? 혼자 일하고 혼자 밥 먹고 혼자 아프고 혼자 죽고. 언제부터 무엇이 잘못되었을까? 평범하게 산다는 게 이렇게도 어려운 거였어? 드라마가 아니라 판타지였던 거야?
　　호수의 상태가 많이 안 좋은 날에는 온갖 상념

이 뇌세포를 가차 없이 치고 지나갔다. 우리의 마지막이 머지않았으면 어떻게 하지? 다시 아이를 가져야 하는 걸까? 산후조리도 제대로 못했는데 숨 돌릴 틈 없이 다시 임신해야 해? 이름은? 다시 지어야 하나?

감히 입에 올리지 못할 생각들이 머릿속에서 지들 멋대로 떠들었다. 그냥 다 새로 시작하고 싶었다. 새로 시작하다니, 무얼? 한 방향으로만 가는 세월에 '새로 시작'이라는 개념 따위는 존재하지 않는다. 그럼에도 하염없이 땅속으로 빨려 들어가는 날에는 아이를 낳기 전으로, 임신하기 전으로 돌아가고 싶다는 허망한 욕심이 일었다. 그런 날이면 스스로가 너무 징그럽고 무서워서 내 인생을 통째로 갈아엎고 싶어졌다. 나는 어쩌다 이런 망상을 떠올리는 괴물이 되었나. 엄마가 되어서 이럴 수 있나. 어떤 논리와 변명에도 끼워 넣지 못할 험한 생각들을 땅속 깊숙이 묻고 영원히 봉해버리고 싶었다. 아무도 파헤치지 못하도록. 남편은 그런 줄도 모르고 매일 우는 나를 말없이 안아주었다.

그런데 정말, 나만 그런 거야? 누구에게도 입 뻥

끗하지 못한 채 나의 가장 나약하고 어두운 시간이 흘렀다.

"더 이상 해줄 것이 없습니다."

질병 진단을 받는 것보다 이 말이 더 무섭다는 것도 이때 깨달았다. 호수는 어느새 인공호흡기를 떼고 한결 편해졌지만 여전히 가슴에 꽂힌 흉관에 의지하고 있었다. 마냥 기다려볼 수도 있지만 충분히 기다려보았다는 게 병원의 입장이었다. 그래, 희망고문은 그만하자. 빨리 해치우고 막을 내리자. 그게 원래 내 스타일이잖아. 더 이상 미련 부릴 수 없을 만큼 기다렸으니 이제는 칼을 뽑자.

두 번의 수술 번복과 3주의 금식 끝에 호수는 결국 혈전과 유미흉을 제거하는 수술을 받았다. 첫 번째 수술 자국이 얇고 예쁘게 아문 상태였다. 밴드가 거의 다 떨어져나간 호수의 가슴을 본 주치의가 "아깝네." 하고 한마디 뱉었다. 금방 끝날 거라던 수술은 여덟 시간 가까이 걸렸고, 호수는 마치 그동안의 고생에 복수라도 하듯 빠른 속도로 회복해서 병원 침대를 탈출했다. 태어난 지 두 달 만에 친구가 물려준 배냇저고리를 입혀보았다. 이미 조금 작아져 있었다. 그리고 그때 나의 머리를 스친 생각은 우습게도, 조리원에서 신생아 촬영을 하지 못했다는 아쉬움이었다. 할 수 있을 때 할걸.

시련이라는 선물

아이스 라테

큰 수술을 받은 아기들은 퇴원 전에 몇 가지 검사 절차를 거친다. 모유나 분유를 제 양껏 먹는지 확인하고, 소변과 대변의 무게를 일일이 재서 기록하기도 한다. 폐기능, 산소포화도 등 통과해야 할 관문이 참 많기도 한데, 그중 하나가 뇌초음파였다. 뇌초음파를 찍는 이유는 혹시라도 뇌출혈이 있거나 수술 및 회복 과정에서 뇌손상이 있지는 않았는지 확인하는 것일 테다. 어떻게든 물리적으로 자르고 꿰매서 고칠 수 있는 심장에 비하면 뇌는 정말 두려운 영역이라고 생각했다.

　　그런데 그 일이 일어나버렸다. 일반 병실로 올라온 호수는 그동안 다 부리지 못한 떼와 어리광을 한껏 발산하며 본격적으로 헬육아의 문을 열었다. 절대 등 대고 누워서 자지 않겠다는 아기를 품에 안고 밤새 병원 복도를 돌면서 이게 행복의 모습이라는 걸 확인하고 확신했다. 못 자고 못 씻고 목과 어깨와 팔이 탈골될 것 같은 느낌이 지옥이라면 얼마든지 할 수 있었다. 아니, 하고 싶었다. 신생아를 키우는 엄마들이 토로하는 고충에 공감하기까지 얼마나 인내했던가.

　육체와 반비례하여 점점 홀가분해지는 마음을 만끽하고 있는데 엄중한 표정의 소아과 교수가 등장했다. 설명을 듣자 하니 아기의 뇌초음파에 약간의 음영이 보이고 그게 맞다면 백질연화증이라는 병명이 될 것이며, 정확한 진단을 내리기 위해서는 MRI를 찍어야 하는데 너무 어리다, 지금은 별다른 증상이 없지만 원래 누워 있는 게 다일 때라 판단하기 어렵다, 지켜보다가 문제가 있으면 두 돌쯤에 찍어보자는 것이었다. 네? 저 지금 한 달 반 동안 죽다 살아났는데 2년을 지켜보자고요? 교수는 임상학적으로 의미 있는 정도는 아니라며 대수롭지 않다는 톤으로 말했지만 그날의 패배감은 이제 갓 흙을 뚫고 나온 새싹을 밟아버렸고, 나는 이 이야기를 가족 외의 그 누구에게도 하지 않았다. 그나마 열어두었던 문을 굳게 닫았다.

　백질연화증은 운동신경과 관련이 있는데 손상도에 따라 경중이 다르고, 심하면 몸을 제대로 쓰지 못하게 된다. 치료 방법은 재활뿐이다. 재활은 어릴수록 효과가 좋다. 뇌가 폭발적으로 발달하는 아이들의 경우 부족한 뇌세포를 그 옆의 세포들이 자라면서 보완해주기도 한다고 했다. 절망적인 와중에 참으로 신비로웠다. 하긴 이 자리에 오기까지 신비롭지 않았던 순간이 있을까. 소아신경과 담당 교수는 매우 호쾌한 사람이었는데, 자기 딸은 뇌가 미묘하게 짝짝이인데도 아무 문제 없이 잘 컸다며 큰 목소리로 얘기하기도 했다. 별 위안이 되지는 않았지만 곤두선 긴장이 잠시 빠져나갈 구멍이 되어주었다.

절대 남과 비교하며 키우지 않겠다고 다짐했는데 어째 내 육아는 출발점부터 비교로 시작되고 있었다. 막연하게 상상해오던 쿨한 엄마의 모습은 불가능했다. 호수가 또래들과 비스무레하게 발달하는지 유심히 지켜봐야 했고 조금만 늦어도 그냥 늦는 건지 아니면 아파서 그런 건지 유별나게 촉각을 곤두세워야 했다. 그래도 종종 거추장스럽게 느껴졌던 나의 예민성과 관찰력이 빛을 발할 시간이었다.

호수의 물리치료가 시작되었다. 목표는 스스로 걷는 것. 재활치료사는 30분 동안 도움이 될 만한 동작들을 알려주었고, 나는 그것들을 집에서 틈틈이 반복해주어야 했다. 부모님은 따로 살고, 남편은 회사에 있고. 호수가 제대로 걷고 뛰게 되는 것은 모조리 내 두 손에 달려 있었다. 누구와 나눌 수도, 어디에 내려놓을 수도 없는 무거운 책임감과 걱정으로 매일 같은 동작을 해주었다.

아마 그때부터였을 것이다. 육아를 하다 보면 으레 듣게 되는 "때 되면 다 알아서 해."라는 말을 싫어하게 된 것은. 때가 되어도 할 수 없는 아이들이 있다. 모두가 당연하다고 여기는 기본적인 것들을 애초에 시작해볼 수도 없는 사람들이 있다. '일반적'이라고 통용되는 말들 안에는 어떤 이들에게만 가서 쿡 닿는 기다란 꼬챙이 같은 폭력이 숨어 있었다.

그러던 어느 날 저녁, 어둑한 거실 바닥의 매트 위에 앉아 아기의 손짓 발짓 하나하나에 온 신경을 곤두세우고 놀이인지 훈련인지를 한참 하던 중, 호수가 돌아가는 모빌 인형을 손으로 움켜쥐었다. 아이의 만주만 한 주먹에 잡혀서 제대로 돌아가지 못하고 제자리걸음하는 모빌 옆에서 나는 울었다. 처량해서 울고 안도감에 울었다. 보통의 아기라면 누구나 하는 행동, 손으로 모빌을 잡았다고 오열하는 나에게 공감해줄 사람이 한 명도 없다는 사실을 온몸으로 느끼면서.

　　호수는 점점 물리치료를 받기 싫어하며 치료실에 들어서기만 하면 울었다. 자꾸 불편한 자세를 취하게 하니 아기가 좋아할까. 좋아하는 것만 보고 느끼기에도 시간이 부족할 텐데 왜 우리 애는 이 시간에 여기에서 이러고 있어야 할까. 어미가 이러쿵저러쿵 한탄하는 동안 아이는 13개월에 걸음마를 뗌으로써 치료를 졸업했다. 겁이 많고 신중한 호수는 내내 실력을 아껴두다가 스스로 발을 뗀 첫날부터 서른 걸음씩 걸으며 가족 모두를 놀라게 했다.

　　처음부터 끝까지 재활 과정을 함께해준 사람은 바로 우리 엄마다. 엄마는 언제나 함께 택시를 타고 병원에 가서 내가 좋아하는 아이스 라테를 한 잔 사들고 우리의 치료가 끝나기를 기다렸다. 치료실이 보이지 않는 복도 끝 벤치에 앉아 커피를 들고 엄마는 무슨 생각을 했을까. 기도를 했을까? 다른 환자들을 보며 안타까워하거나 감사하거나 공감했을까? 나는 한 번도 묻지 않았고 엄마 역시 한 번도 얘기하지 않았다. 그건 말로 할 수도 없고 해서도 안 되는 이야기들이었다. 우리는 그저 기계같이 택시를 타고, 수납을 하고, 치료를 받고, 커피를 마셨다. 아, 커피는 나만 마셨다.

　　호수는 여전히 반년에 한 번씩 성격 좋은 소아신경과 선생님을 만나러 간다. 무릎을 두드려보고, 손가락을 만져보고, 어떻게 크고 있는지 이것저것 물으시는데 그중 가장 자신 있는 게 말하기다. 단어를 열 개 정도는 아나요? 두 단어를 붙여서 이야기하나요? 에이, 선생님. 얘를 말로 이길 수가 없어요.

　　호수는 말이 빠른 편에 속했다. 단어를 새롭게 터득할 때마다 휴대폰에 기록하다가 어느 시점에 포기했다. 초기 단어들 중 의외로 '의자'가 있었다. 의자를 정확하게 발음한다고? 한 생명의 성장을 지켜보는 경험은 그것 자체로 신기하고 기특하다. 기는 것도 걷는 것도 대단하지만 말하는 행위로부터는 작은 폭죽이 터지는 듯한 즐거움과 감동을 선물받았다. 호수의 말을 들은 사람들이 "어떻게 이렇게 말을 잘해?"라고 물으면 나는 아무 일 없는 척 대답했다. "잘하는 게 하나는 있어야지."

"우리 애는 말을 잘해요." 자식 자랑으로 들리기 딱이지만 내 육아에 있어서는 하늘이 내려준 동아줄 같은 신호였다. 너무 걱정하지 말라는 유일한 표시. 그래서 호수가 유창하게 말하는 모습을 보면 아무것도 바라지 않게 된다. 신은 안다. 나는 욕심이 아주 많은 사람이고 그 욕심에는 끝이 없다는 것을. 너 자신은 몰라도 자식한테는 그러지 말라고 호되게 깨우쳐주셨는지도 모른다. 비록 고생은 좀 했지만 호수는 정신이 번쩍 든 엄마를 두게 되었다.

다음 주에 또 소아신경과 진료가 예약되어 있다. 신경 쓰지 말자고 생각하면서도 긴장되는 건 어쩔 수 없다. 마지막 진료이길 바라면서 우리는 또 택시를 타고, 수납을 하고, 진료를 보고, 커피를 사 마시겠지. 이번에는 엄마와 함께 시원한 축배를 들었으면….

어둡기만 한 어둠은 없어

뜨거운 커피

오전 10시경에 산책로를 빠르게 걷는다. 근처 복지관에서 단체로 산책 나온 지체장애인들과 마주치는데, 상쾌한 공기를 마시며 가로수 사이를 걷는 그들의 모습이 매우 신나고 안정적으로 보인다. 하지만 난 그들 뒤에 있는 가족을 상상하지 않을 수 없다. 커지려고 하는 생각을 붙잡는다. 그들에게 어떤 시선도 보내지 않기로, 어떤 판단도 하지 않기로. 그저 각자 산책을 하며 곁을 스치는 이웃의 관계에 머물기로.

호수가 외래를 가는 요일에는 소아심장과와 더불어 소아암 관련 과도 진료를 보는 날이다. 진료실 밖에서 오랜 시간 있다 보면 함께 대기하는 가족들이 눈에 들어오는데, 그중 상당수의 아이가 머리카락을 짧게 깎았다. 소아신경과 외래가 있는 날에는 휠체어에 불편하게 앉아 있는 소아마비 환자들도 마주하게 된다. 어쩔 수 없이 겉으로 드러나는 아픔들이 있다. '보통'의 삶에 지나치게 익숙해져 있는 우리는 타인의 모습이 조금만 달라도 빠르게 눈치챈다. 나는 길가에서, 그리고 특히 병원에서 눈길과 단어를 아꼈다. 눈에 훤한 그 아픔이 보이지 않는 것처

럼 행동했다. 그러니까 여기가 병원이 아니라 키즈
카페인 것처럼. 이 차갑고 두꺼운 벽 밖에서 이루어
지는 여느 아이들의 만남인 것처럼.

　가족 중에 환자가 있다는 것은 분명 속상한 일
이다. 하지만 그것이 곧 불행이라는 뜻은 아니다. 중
증의 아이들을 데리고 진료를 보러 온 가족들의 얼
굴에서 근심과 걱정은 생각보다 쉽게 찾아볼 수 없
다. 보통은 태연하게 휴대폰을 만지거나 소소한 대
화를 즐긴다. 이런 생활에 익숙해진 사람도 있을 테
고, 막 위기를 넘긴 일상적인 날들 중 하나이기도 할
테다. 경험이 없는 우리는 아픈 아이를 낳고 키우면
슬프고 불행할 거라 가볍게 짐작한다. 나는 그랬다.
호수의 심장 이야기를 들은 순간, 망한 것 같은 기분
이 들었다. 이전의 인생은 다 꿈처럼 지나가버렸고,
모든 걸 포기하고 하루하루 견디고 버티면서 살아가
야 하는 줄 알았다.
　하지만 그렇지 않았다. 아이가 입원해 있는 동
안 삶이 멈출지는 몰라도 뒤집히지는 않았다. 그리
고 그토록 단단하게 정지된 일상도 조금씩 기지개를

켤 때가 있었다. 호수의 컨디션이 좋았던 어느 날에
는 남편과 카페에서 데이트를 즐겼다. 여름으로 들
어서기 직전이었고 남편은 아이스 아메리카노를, 나
는 그때까지도 산후조리한다고 따뜻한 라테를 주문
했다. 채광도 그다지 좋지 않은 시끌벅적한 카페였
는데 오랜만에 둘이 마시는 커피는 맛이 좋았고, 조
금 덥지만 따뜻한 커피도 충분히 괜찮았다. 눈에 들
어오는 베이커리를 모두 쟁반에 담으니 빵값만 10만
원이 나왔다. 실소가 나오는 금액이었지만 마냥 좋
았다. 염치없지만 아마 집에서 신생아를 돌보고 있
었더라면 가지지 못했을 시간이었다.

　　인간은 어쩔 수 없이 간사하다. 아이는 병실에
서 젖도 제대로 못 먹고 있는데, 부모는 입맛대로 커
피를 마시고 비싼 케이크까지 베어 문다. 찰나 같은
시간이었지만 그때 우리는 보통의 커플과 다를 게
없었다. 같은 공간에서 스친 그 누구도 우리가 불과
얼마 전에 아기를 낳았고, 그 아기가 중환자실에 누
워 있다는 사실을 감히 상상조차 할 수 없었을 것이
다. 우리는 농담을 했고, 웃었다. 그날 이후로 나는
길에서 마주치는 사람들이 숨기고 있는 이야기들을

상상해보는 버릇이 생겼다. 가슴에 품은 크고 작은 이야기 하나 없는 사람이 있을까. 타인은 그냥, 모를 뿐이다.

　　호수의 시간을 보내고 나서 '인생만사 새옹지 마'라는 말을 가장 좋아하게 되었다. 삶은 어떻게든 균형을 이루어가고 우리는 기쁨과 슬픔 앞에서 겸손 해지는 법을 배운다. 슬픔은 마주할 적에는 거대하 게 느껴지지만, 기쁨은 반드시 슬픔과 슬픔 사이를 비집고 들어와 나는 살아 있고 삶은 이어진다는 사 실을 일깨워준다.

　　한동안은 우리 가족이 불행해 보였을 것 같다. 그리고 그 한동안 나는 건강한 아이를 낳은 모든 가 족들을 부러워했다. 직접 겪기 전에는 몰랐다. 아침 마다 곱게 간 아스피린을 물에 타 아이에게 먹이는 아빠의 마음을, 매일 저녁 목욕 후 손바닥보다 작은 가슴에 흉터 로션을 발라주는 엄마의 마음을. 하지 만 아스피린을 먹는 게 불행한 것도 아니고, 수술 흉 터가 슬픈 것도 아니다. 살다 보면 약을 먹을 수도 있 고, 몸에는 생채기가 쌓인다. 그러니까 이제는 추억

이 된 기억들에 연연하지 말자. 지금의 평화를 누리
자. 어차피 위기는 또 온다. 그리고 행복도 또 온다.

어버이날 선물

포크랄

포크랄은 일종의 수면제다. 불면증을 치료하거나 수술 전 진정을 위해 투약하는데 아기들의 경우에는 초음파 검사를 위해 먹이기도 한다. 차가운 젤을 피부에 바르고 집중해서 장시간 봐야 하는 초음파. 그동안 아기가 움직이지 않고 가만히 누워 있을 확률은 지극히 희박하다.

"어머니, 호수 초음파 검사 날짜는 언제로 하실 건가요?" 간호사가 물었다. 검사는 어버이날, 호수의 생일, 그리고 주말에 돌잔치까지 예정되어 있는 5월 둘째 주 언저리에 이루어져야 했다. 깔끔하게 검사를 받고 잔치를 벌일 것인가, 아니면 일단 축하부터 받고 진료를 볼 것인가. 혹여나 검사 결과가 나쁘다면 파티는 파티가 아니게 될 것이었다. 하지만 뭐든 일단 알아야 직성이 풀리는 내 성격에 맞추어 5월 7일에 예약을 잡았다.

포크랄은 조금 맵다고 한다. (처음에는 고춧가루를 떠올렸는데, 약에서 김치 맛이 날 리는 없고 계피 같은 매움이 아닐까 상상해본다.) 하지만 문제는 맛이 아니라 금식이었다. 진정제를 먹이기 위해서는 고형식을 여덟 시간, 이유식은 여섯 시간, 물은 두 시간 동안 먹지 못한다. 나는 배고픈 아이와 씨름할 생각에 한참 전부터 긴장했다. 밥만 못 먹이는 게 아니라 잠도 못 재운다. 낮잠을 실컷 자고 가면 약을 먹어도 잠들지 않기 때문이다. 배고프고 졸린 12개월 아기라니.

어찌어찌해서 무사히 초음파실에 아이를 눕혔다. 초음파실 선생님이 조금 옅어진 수술 자국 위로 젤을 뿌리고, 카메라를 굴리며 모니터를 오랫동안 주시했다. 화면 속의 작은 근육은 어두운 푸른빛으로 펌핑하고 있었다. 아무 말 없이 키보드를 탁 탁 치며 화면을 캡처하는 동안 나와 남편은 캄캄한 방에 앉아 무기력한 상상만 키웠다.

이 아이는 자신에게 일어나고 있는 일들 중 무엇을 얼마나 이해하고 있을까? 영문 모르고 고생한 아이의 뽀얀 볼살을 들여다보고 있으니 소아과 교수가 이름을 불렀다. 언제나 표정이 똑같은 사람. 좋은 소식을 들을지 나쁜 소식을 들을지 도무지 감을 잡을 수가 없다. 때로는 좋은 소식이 나쁜 소식으로 바뀌기도 하고, 나쁜 소식이 좋은 소식으로 바뀌기도 했다. 이러나저러나 의지할 곳은 그의 실력뿐이다.

"다 괜찮아요. 이제 아스피린도 끊고 2년 뒤에 봅시다."

2년! 거의 완치나 다름없다. 감사합니다, 감사합니다. 얼떨떨하고 멍하고 들뜬 기분으로 진료실을 나섰다. 연말 시상식에서 내 이름이 불리면 이런 느낌일까. 당연히 별일 없어야 하지만 혹시나 마주칠 거대한 실망이 두려워 일말의 여지를 남겨둔 나였다. 그리고 방금 그 찌꺼기가 감쪽같이 사라진 것이다. 집에 돌아와 매일 아침 가루약을 타 먹이던 투약병부터 버리고, 거나한 치맥 파티를 벌였다. 호수는 어쩐지 신이 난 엄마 아빠 사이에 앉아 우유로 건배를 했다.

아침 해가 떴다. 부모가 되어서 맞이한 첫 어버이날. 여느 때와 다름없이 폭신한 매트 위에 앉아 노는 아이의 뒷모습을 가만히 바라보았다. 어제와 오늘이 이토록 멀게 느껴진 적이 있었나. 완전히 다른 세계였다.

나의 아이는 강하다. 얼마 되지 않은 생에 여러 번의 위기가 왔지만 그런 게 삶이라는 듯이 버티고 이겨냈다. 이왕 태어났으니 열심히 살라는 어떤 노인의 말처럼. 그런 아이 옆에서 나도 덩달아 강해질 수밖에 없었다. 주먹도 제대로 쥐지 못하는 아이가 놓지 않은 끈을 내가 먼저 놓을 수는 없었다. 아득한 고통 속에서 돌고 도는 해와 달을 견뎌내고 아이 앞에서 내색하지 않으려 눈물과 의심을 삼켰다. 그 시간 동안 나는 가장 처절하게 엄마라는 존재로 살았다. '나는 감당할 수 있는 사람'이라는 주문을 외며.

벌써 세 돌, 초음파 검사날이 코앞이다. 그쯤 되면 포크랄을 안 먹고도 할 수 있다고 했는데 과연 나의 겁쟁이 아들이 용기를 내줄는지. 이번에 검사를 받으면 또 몇 년 뒤에 오라고 할지 모르지만 시기는 역시나 어버이날 언저리가 될 것이다. 그리고 나는 교수의 입술만 뚫어져라 바라보며 매번 같은 선물을 바라겠지. 이렇게 어버이날의 기쁨을 뼈저리게 느낄 수가 있을까. 너는 어찌 어버이날 다음 날에 태어나게 되었나. 삶은 신비롭고 알 수 없는 것투성이라 겪으면 겪을수록 고개가 숙여진다.

자식에게 바란다

떡뻥

아기들이 처음 접하는 간식 중 떡뻥이라고 부르는 것이 있다. 유기농 쌀에 구황작물 가루 같은 것을 가미해 부풀려 만든 과자인데, 태어나서 맛본 식재료가 손에 꼽힐 만큼 적은 영유아들은 이 무해한 음식물에 환장한다. 도대체 어떻길래 저렇게 좋아하지? 대충 뻥튀기 맛이겠거니 했다. 점심을 제대로 챙겨 먹지 못한 날 오후, 주전부리할 것을 찾다가 고구마맛 떡뻥을 하나 입에 넣어보았다. 고구마는커녕 종이를 갈아서 뭉치면 딱 이런 맛이 날 것 같았다. 플레인, 고구마, 단호박, 브로콜리 맛의 차이가 뭘까? 아기의 미각은 이 정도의 미세한 차이도 느낄 수 있는 걸까? 새 혓바닥을 갖게 되지 않는 한 영영 모를 느낌이었다.

이토록 순수한 맛과 질감이 아이들에게 쾌락이라면, 부모에게는 안도감이다. 호수가 아장아장 걸음마를 배울 즈음 한강 공원에 소풍을 간 적이 있었는데, 근처에서 어른들이 돗자리를 깔고 앉아 맥주를 나눠 마시는 모습을 목격했다. 신이 난 어깨들 사이에는 두세 살쯤 되어 보이는 아이가 간이 식탁에 떡뻥을 산처럼 쌓아놓고 함께 여가를 즐기고 있었다. 당시에는 부모들이 조금 무책임한 것이 아닌가 생각했지만 지금은 백번이고 이해할 수 있다. 어떻게 나온 소풍인데, 떡뻥에 좀 맡겨두면 어떨쏘냐. 날씨 화창한 주말인데 강바람 맞으며 맥주 좀 마셔보자. 이러니 여행 중에 떡뻥이 떨어진다는 것은 일어나서는 안 될 위기 상황이다. 나 역시 캐리어에 다른 것은 못 실어도 떡뻥만큼은 넉넉하게 담곤 했다.

떡뻥의 위력은 돌 촬영 때 빛을 발했다. 한옥 스튜디오에서 촬영을 하고 곧이어 가족들과 저녁식사를 하는 일정이었는데, 자세히 보니 촬영 코스 구석구석에 떡뻥 용기가 하나씩 놓여 있었다. 아이가 울면 주나 보다 했는데 그 용도는 책 넘기는 연기를 할 때 드러났다. 소품용 고서의 페이지 사이사이에 떡뻥을 하나씩 끼워놓으면, 간식을 뒤지는 아이의 눈빛과 손짓이 학구열에 불타는 양반집 자제의 것과 진배없다.

기관총처럼 연사를 날리는 카메라 셔터음과 끊임없이 날아 들어오던 비눗방울이 뒤섞인 촬영은 무사히 끝이 났다. 세상의 모든 관심을 받고 기분이 한껏 들떴던 호수는 선선한 마룻바닥에서 달콤한 낮잠을 한소끔 누렸다. 이런 평화라니. 조금 이른 더위가 시작된 5월의 화창한 날씨, 긴 촬영 내내 한 번도 짜증을 내지 않은 아이, 하나둘 도착하는 반가운 가족, 기대보다 맛이 좋았던 음식. 아기라는 존재는 갖가지 종류의 사소한 행복을 연결하는 매개체와 같다. 아무것도 아닌 일들도 기어코 알아차리게 하는.

할아버지와 할머니, 삼촌과 숙모를 주루룩 앉혀 놓고 대망의 돌잡이 쇼가 시작됐다. 얼마나 많은 한 살배기 아기들이 뒤적였을지 손때가 때꼬롬 묻은 소품들 사이에, 정확히는 손만 내밀면 닿을 한가운데에 빳빳하고 노란 지폐를 올렸다. 그러나 호수는 내가 연출한 복을 제치고 습습한 명주실 뭉치를 덥썩 집어 들었다. 그 순간, 양가 할머니들은 터져 나오는 눈물을 막지 못했다. 옷을 갈아입을 때 이미 작은 가슴의 흉터를 본 직원은 자기 나름의 따뜻한 표정을 지었다. 모두 조용히 나누고 있었다. 소리 내서 말로 뱉는 순간 부서져버릴 것 같이 아슬아슬하게 순수한 감동 같은 것을.

우리 부모님도 나를 낳았을 적엔 "건강하게만 자라다오." 노래했을 것이다. 조금 욕심을 부리다가도, 뜨거웠던 열이 내리고 곤히 잠든 모습 앞에서 겸허히 건강만을 바랐을 것이다. 함께 나이 들어가는 지금도 건강이 최우선이라고 입버릇처럼 말하신다. 하지만 실제로 살아가는 과정은 그렇지 못하다. 하나를 얻으면 두 개가 갖고 싶고, 한 단계를 오르면 두 단계를 오르고 싶어진다. 인간의 욕망은 정말이지 대단해서, 그것 덕분에 비행기 타고 먼 나라 이웃 나라도 가고 우주선 타고 달나라도 간다. 하지만 뭐든지 자발적일 때에야 건강한 성취와 만족을 누릴 수 있다.

임신했을 때부터 '기대하지 않는 엄마'가 되겠다고 다짐했다. 물론 지금은 좀처럼 그렇게 되지 않는다는 것을 안다. 호수가 하나, 둘, 셋을 읊을 때 나는 이미 원, 투, 쓰리를 입 밖에 내고 있었다. 호수가 뛰기 시작하자 자전거를 주문했다. 그렇기에 더욱 굳센 다짐이 필요했다. 마음에 어떤 씨앗을 품는지는 매우 중요하다. 내면의 씨앗은 다듬어진 생각을 먹고 무럭무럭 자라서 나무가 된다. 평생에 걸쳐 뿌리를 내리고 열매를 맺는 나무는 마음의 가장 굵은 중심을 하고선 방향을 잃었다고 느낄 때마다 잎사귀를 흔들고 곁을 내어준다. 나무는 어떤 말을 해야 할지도 알려준다. "호수는 호수라서 멋져." "하고 싶은 대로 해봐." "도전하는 것만으로 충분해." "실수해도 괜찮아."

나는 귀가 얇고, 쉽게 흔들리는 유연한 사람이다. 소나무보다는 갈대 쪽에 훨씬 가깝다. 그래서 스스로를 어떤 환경에 내려놓는지가 중요하다. 멀리 미래를 바라볼 수 있는 분위기, 바른 소신으로 옳은 말을 하는 사람들, 승부와 획일성보다는 공생과 다양성을 품는 지역. 그런 곳에서 작은 인간을 키우고 싶다. 호수가 스스로 자신의 취향을 깨닫고, 실패를 두려워하지 않고, 작은 것에서도 행복을 누릴 줄 아는 사람이 되도록 돕고 싶다.

하지만 경쟁으로 쌓아 올린 자본주의 사회의 굵직한 통념으로부터 슬쩍 벗어나기 위해서는 꽤 큰 강단과 용기가 필요하다. 맹목적으로 남들의 길을 좇지 않을 소신, 맑은 정신을 유지하고 단호하게 실천할 수 있는 실행력, 시선으로부터 자유로울 수 있는 고집과 타인에게 모범이 될 수 있다는 자신감. 내 인생이라면 차라리 쉬웠을 것을, 자식 인생의 주춧돌을 깎는 일이라고 생각하니 몇 배나 더 무겁다. 하지만 그렇기에 더욱 용감하게 행동해야 하는 것이 부모다.

현대의 돌잡이에 어떤 지대한 의미가 있겠냐만은 호수가 집어 든 명주실은 모두에게 일종의 부적같이 근거 없는 안도감을 주었다. 그래, 건강하기만 해다오. 그것 때문에 얼마나 많은 밤을 뜬눈으로 지새웠니. 첫돌이 되어 으레 당연한 돌잔치와 돌잡이를 할 수 있다는 사실이 이리도 꿈만 같을 줄 누가 알았겠어. 고맙다 아가야, 고마워.

직원은 하나 더 고르기를 제안했다. 이번에는 예쁜 꽃자수가 놓인 거울을 집었다. 거울이 무엇을 뜻하는지 묻자 '끼'를 의미한다면서 연예인이나 예술인을 뜻한다고 했다. 재미있는 일 하면서 오래오래 살 수 있다면 그만한 복도 없는 거겠지. 적어도 떡뻥보다는 맛있는 삶을 살려나 보다.

밋밋하든 달콤하든 아무렴 어때. 호수야, 호수
는 호수인 것만으로 이미 충분해.

할 수 있는 최선의 선택

배달 이유식

주체적인 삶을 울부짖는 나도 선택지가 너무 많으면 괴롭다. 둘이나 셋 중 하나를 고를 때는 자기효능감이 느껴지지만, 정해진 것 없이 선택지가 막연히 열려 있을 때는 무력감이 느껴진다. 마냥 자유로우면 상상의 나래를 펼칠 수 있을 것 같지만 디자이너도 마땅한 제약 조건 안에 있을 때 가장 창의적이고 훌륭한 아이디어를 낸다. 인생은 알고 보면 주관식보다 객관식에 가까울 때가 꽤 많다. 오답을 하나씩 지우고, 긴가민가한 두세 가지 답 중 가장 그럴듯한 하나를 고르는 일.

생후 5개월 전후에 열리는 이유식의 세계야말로 너무나 광활했다. 그 세계의 규칙들을 들여다보고 있으면 옛날에는 다들 어떻게 애를 키웠나 싶어진다. 할머니가 흰쌀밥을 씹어서 아기 입에 넣어주기도 했다던데…. 그렇다고 요즘 부모들이 더 편하냐 하면 꼭 그렇다고 할 수도 없다. 늦은 밤 아이를 재워놓고 발 담그는 정보의 늪 안에서 어떤 것을 선택하는 일은 굉장히 피곤하고 난감한 업무이기 때문이다.

완벽주의인 데다 정보집약형 인간인 어미. 마땅히 직접 유기농 재료를 주문해서 갈고 찌고 얼리고 끓이고 했을 것 같지만 나는 처음부터 철저히 배달 이유식에 의지했다. 첫 번째로 요리는 잘하지도 즐겁지도 않은 대표적인 활동 중 하나이며, 두 번째로 자신보다 이유식 업체의 영양사를 더 신뢰했다. 적어도 나보다는 나은 식단을 구성했으리라. 그리고 세 번째 네 번째 다섯 번째로 피곤하고 피곤하고 또 피곤해서. 이유식을 온전히 준비할 수 있는 시간은 아이가 밤잠을 자기 시작한 뒤였는데, 서투른 손길로 주방 정리까지 하고 나면 자정 무렵이 되었다. 아기들은 새벽 6시 전후로 기상한다. 나는 좀비의 라이프스타일을 이어갈 자신도 의지도 없었다.

그중에서도 가장 큰 이유는 바로 아이와 노는 시간이 아까워서였다. 변명이기도 하고 진심이기도 하다. 호수는 지금도 내가 조리대 앞에 서면 "엄마 요리하지 마."라고 다급히 말한다. 하루의 모든 시간을 함께 보내도 영 아쉬운 사람을 요리라는 라이벌에게 빼앗기는 셈이다. 참 싫더라. 잘하지도 못하는 요리에 매달려서 아이를 외롭게 하는 것이. 굳이 내

손으로 해 먹인다고 비몽사몽으로 새벽 육아를 해야 하는 것이. 많은 부모에게는 직접 만들어 먹이는 정성이 곧 사랑이지만 나에게 요리는 스트레스였고 그 고단함이 아이에게 어떤 방식으로든 전달된다고 생각했다. 분명히 어느 순간에는 '내가 이렇게 열심히 만들었는데 안 먹어?'라는 보상심리도 싹틀 것이었다. 그럴 바엔 깔끔히 한쪽을 포기하고 다른 쪽을 온전히 만끽하고 싶었다. 그래서 요리 파트를 자본주의 시장에 떠넘기고 대신에 더 적극적으로 아이와 살을 비비고 눈을 마주쳤다.

배달 이유식이 마냥 마음 편하기만 한 것은 아니다. 수많은 브랜드 중 나의 기준과 호수의 입맛에 맞는 걸 골라내는 것 또한 일이라면 일이었다. 나는 그중 플라스틱이 아닌 유리병을 사용하는 업체를 선택했다. 매일 소고기 메뉴가 최소 한 끼씩 꼬박꼬박 들어 있다는 것도 한몫했지만, 혹시 모를 환경호르몬 문제와 쓰레기 문제를 확실히 피하기 위해서였다. 이유식 배달원은 달의 끝자락이 희끄무레 떠 있는 새카만 시간에 와서 현관 문고리에 유리병을 걸어두고 가셨다. 매일. 정말 많은 이의 에너지가 담긴

한 통이었다. 호수는 반년 남짓한 시간 동안 그 밥을 복스럽게도 먹어주었다. 그리고 이유식 거부기가 오면서부터는 주문을 그만두었다. 아무렴, 반년 동안 한 셰프의 요리를 삼시세끼 먹었다고 생각하면 질릴 만도 하지.

기준이란 사람 수만큼이나 다양해서 영 신빙성이 없다. 모두 나름의 가치관으로 하루에 하루를 이어가듯 육아도 마찬가지다. 부모마다 자신의 논리가 세운 허용치 안에서 아이에게 제공할 것들을 조절한다. 입을 옷이나 먹을 과일을 고르는 정도 외의 거의 모든 결정을 내려주어야 하는 입장에서 책임감은 갈수록 무거워지기만 한다. 아무리 가벼운 선택도 아이에게는 습관이 되고 생활이 되며 인생이 된다. 그래서 엄마는 허용과 금지의 벽 사이에서 단호하게 결정을 내리고 목소리를 낸다.

정답은 없고 오답만 수두룩한 기분이지만 우리는 그저 매 순간 최선의 선택을 할 수 있을 뿐이다. 그렇기에 다시 돌아간다 해도 똑같은 선택이다. 심장에 구멍이 있다는 태아를 끝까지 지키고, 긴 경력

만큼 수술을 조금이라도 더 잘하지 않을까 하는 마음에 집도의를 바꾸고, 일주일이나 추가 금식하더라도 재수술을 미루며, 역시나 배달 이유식을 주문했을 것이다.

끝까지 내지 못한 용기

밥태기

돌 전까지 호수는 발달에 이렇다 할 특징을 보이지 않았다. 뒤집기나 기기, "음…마!"라는 소리를 낸 시기들이 모두 턱걸이로 평균치에 들었다. 제대로 걸을 수는 있을까 하는 조바심으로 재활을 다니고 있었기에 뭐든 늦지만 않으면 아이고 하느님 부처님 삼신할매님 감사합니다, 였다. 그런 아이가 재능을 보인 분야가 있었는데 바로 '먹기'였다.

　　호수는 정말 잘 먹었다. 우유는 원샷, 이유식은 10분 컷. 스스로 음식을 골라 즐겁게 먹는 습관을 키우기 위해 시작한 자기주도 이유식 역시 대성공이었다. 호수는 찐 브로콜리부터 구운 두부, 치즈말이나 양파볶음 등 무엇이든 가리지 않고 입으로 가져갔다. 식사 시간마다 아기의 머리카락이며 발가락 사이사이, 식탁과 의자 주변은 음식물로 초토화됐지만 얼마든지 다시 차리고 또 치울 수 있었다. 작은 입으로 들어가는 걸 보고만 있어도 배부른 기분이란!

　　전쟁의 시작은 돌 즈음이었다. 아이는 만 한 살이 된 것을 알아차리기라도 한 듯 돌변했다. 자기 주장이 강해졌고, 그 주장에 식사 거부도 포함되었다.

편식이라면 차라리 다행일 것을, 호수는 잘 먹던 음식도 식욕 자체가 사라진 것처럼 죄다 거부하기 시작했다. 우유로 끼니를 때우거나 과일로 열량을 보충하는 일이 허다했다. 식판에 놓인 음식은 에너지원보다 장난감에 가까웠다. 기껏 나눠 담은 반찬을 모두 국그릇에 담아 조몰락거린 뒤, 그 '섞어탕'을 다시 반찬 자리에 고루 나눠 담았다. 국수 요리를 해주면 손가락 사이로 촉감을 만끽한 뒤 바닥에 집어던졌다. 호기심에 입으로 들어간 음식은 다시 뱉어냈고, 얼굴에 칠갑을 하며 피부에 양보했다. 밥 시간이 다가오면 내 심장은 벌렁벌렁 뛰기 시작했다. 하루에 세 번 마주하는 인고의 시간은 돌아서면 돌아오고, 돌아서면 또 돌아왔다.

그런 중에도 유독 잘 먹은 음식이 있는데, 그건 바로 아보카도였다. 아보카도를 생으로 먹으면 꽤 느끼해서 과카몰리로 만들거나 샐러드에 넣는데, 호수는 이걸 그냥 막 먹었다. '숲의 버터'라고 불리는 아보카도. 기네스북에 오를 정도로 영양가 높은 슈퍼푸드. 나는 멕시코에서 물 건너온 이 열매에게 자주 의지했다. 먹이는 일이 너무 힘에 부치는 날, 잘 익은 아보카도를 갈라서 호수는 배를 채우고 나는 마음을 채웠다.

　기댈 곳은 역시 인터넷과 책. 그곳에는 아기들이 안 먹는 이유와 해결 방법들이 간단명료하고 단호하게 나와 있었다. 하지만 이론은 언제나 실행보다 단순하고 쉽다. 결국 나는 전문가들의 말을 따르지 못했다. 한동안은 옆에 앉아 떠먹이거나 온 집 안을 돌아다니며 먹였다. 베란다에 앉아 지나가는 중장비나 내리는 비를 구경하며 밥을 먹인 날들이 수두룩하다. 그런 와중에도 영상만큼은 절대 보여주지 않았는데, 집에서 지킬 규칙을 완전히 포기하지 않는다는 나만의 상징과도 같았다. 임신하기 전에는 나도 그랬다. 굶기면 굶겼지 쫓아다니면서 입에 밥 넣어주는 일은 절대 없을 거라고. 육아해보지 않은 사람, 그 입 다물라. 현실과 정통으로 마주한 나는 장기전에 대비하여 당분간 너 좋고 나 편하게 지내기로 했다. 스스로 먹는 것도 중요하지만 그보다 호수가 식사 시간을 괴로워하게 될까 봐 두려웠다.

　완연한 어린이가 된 지금은 의자에 앉아서 숟가

락과 포크, 거기다 젓가락까지 동원해서 양껏 먹고, 배가 차면 내려놓는다. 달리 교육시킨 것이 아니라 그냥 어느새 그만큼 컸다. 물론 선호하는 음식은 여전히 뚜렷하다. 오늘 점심때에도 맨밥과 야채전, 그리고 그놈의 아보카도만 먹겠다고 해서 틈틈이 고기를 입에 넣어주었다. 완전히 좋은 버릇을 들였다고는 할 수 없지만 이만하면 충분하다. 별로 좋아하지 않는 소갈비 몇 조각쯤 직접 먹여준다 한들 뭐가 그렇게 잘못될라고.

우리의 전쟁이 무색하게 영유아 검진을 다녀올 때마다 키, 몸무게, 머리둘레 모두 최상위급이 나온다. 의사가 아팠던 아이라고는 믿을 수 없을 정도로 잘 키웠다며 얼마나 정성을 쏟았을지 상상된다고 말하는데 기분이 이상했다. 제가요? 레시피도, 규칙도 포기한 나의 느슨한 정성에 비해 호수가 훌륭하게 크고 있는 것은 맞다. 그러니까, 아무럼 어때. 한 템포 쉬어가도 된다.

아이는 소고기와 아보카도가 아니라 사랑을 먹고 자란다. 양육자의, 소아과 선생님의, 길을 지나가는 할머니와 놀이터 누나와 민들레, 고양이, 달님의 사랑을 냠냠. 사랑은 규칙과 말이 아닌, 여유와 마음 이다.

요리하는 호수 아빠

다른 맛

호수의 자발적 다이어트는 1년이 넘도록 지속되었다. 집안 어른들의 회유책과 강경책도 함께. 먹지는 않고 사방에 밥풀과 국물을 흩뿌리는 아이에게 참지 못해 화를 내뱉고 뒤늦게 후회를 삼킨 적도 있었다. 한편 뭐든 할 테니 제발 먹기만 해달라며 자세를 낮춘 적이야 차마 셀 수가 없고. 무릎에 앉혀서 먹이고, 내 밥그릇에서 내 숟가락으로 먹이고, 토마토 소스, 카레 소스, 짜장 소스, 크림 소스⋯ 온갖 소스가 출동했다.

그즈음이었을까, 남편이 요리에 관심을 보이기 시작했다. 남편은 대단한 식탐의 소유자로, 음식을 대하는 그의 자세는 조금 남다르다. 재미로 궁합을 보러 갔을 적에, 둘이 싸우거든 맛있는 걸 먹으러 가라길래 저런 소리는 나도 하겠다며 콧방귀를 뀌었었는데, 그 말이 사실이었다. 나와는 달리 소비 생활에 큰 흥미가 없는 그가 유일하게 마음껏 카드를 긁는 분야가 바로 음식이었다. 점심용 식재료를 사면서 저녁 메뉴를 고민하고, 다음 날 맛있는 걸 먹기로 하면 설렘으로 잠드는 사람이었다.

요리는 남편이 업무 스트레스를 푸는 하나의 방

법이었다. 머리 비운답시고 매일 밤 유튜브로 라면 레시피나 돌려보던 그가 갑자기 호수와 마트에 가야겠다며 일찍 잠자리에 들었다. 덕분에 우리 가족은 주말 동안 오븐 닭고기 요리와 브로콜리 치즈 리소토를 먹을 수 있었다. 호수가 그릇에 코를 박고 김이 폴폴 나는 숟가락을 후후 불며 식사하는 모습을 실로 오랜만에 보았다. 오호라. 남편은 조리 과정을 동영상으로 남기기 시작했고 나는 #요리하는호수아빠 해시태그를 만들어주었다. 인스타그램에서 이 해시태그를 검색하면 박막례 간장국수부터 파개장, 마라 감바스, 치즈 단호박찜, 닭국수, 새우부추전 외에도 각종 밑반찬이 뜬다.

　역시 먹을 줄 아는 사람이 만들 줄도 안다. 남편은 주방이 자신의 영역이라고 판단했는지 싹싹 정리를 하고, 좁아터졌다며 투덜대기도 했다. 그런 그에게 스타우브 무쇠솥을 하나 선물하자 이번에는 솥밥의 시대가 열렸다. 고작 냄비 하나를 그렇게 애지중지 닦고 보관하는 모습이라니…. 평소 좋아하는 리빙 편집숍 장바구니에 10만 원짜리 원목 도마를 기꺼이 담았다.

집밥의 메뉴가 다채로워지고 맛이 좋아지니 호수의 식사 시간도 적극적으로 변했다. 아빠의 요리 중 호수가 가장 좋아하는 메뉴는 아란치니이다. 남편은 소고기 야채 볶음밥을 동글동글 뭉친 다음 달걀물과 빵가루를 입혀 신선한 기름 속에서 맛깔나게 튀겨냈다. 아이를 식탁 앞에 잡아두는 건 다른 게 아니라 음식 그 자체였다. 엄마 대신 아빠가 지켜낸 분야, 요리.

남편과 나는 퍼즐 조각 같은 관계다. 너무 달라서 딱 맞는다. 몇 년 전, 결혼기념일을 맞아 성격 분석 상담을 받으러 간 적이 있는데 MBTI의 모든 글자가 달라서 놀랐다. 나는 ENFP, 남편은 ISTJ. (최근에 다시 해보니 INTJ가 나왔다고 했는데 나의 영향일까?) 이토록 다른 성향은 좋을 때는 너무 좋고, 나쁠 때는 너무 나쁘다. 남편과의 관계에서 가장 자주 느끼는 감정은 자부심과 외로움이었다.

우리는 서로의 능력을 존중하고 존경한다. 그럴 수밖에 없는 것이, 각자가 지니지 못했기 때문이다. 나는 남편의 계획성과 효율성, 이성과 차분함을 우러러본다. 남편은 나의 개성과 감성, 외향성과 무모함을 부러워한다. 내가 막연함 안에서 허우적댈 때 남편은 "당신의 꿈이 언젠가는 우리를 먹어 살릴 것."이라고 호언장담했고, 남편이 현실 앞에서 작아지는 비전에 좌절할 때는 내가 "당신 아니면 그 일을 감당할 인재가 어디 있느냐."고 일으켜 세워주었다. 이런 과장된 말들이 힘이 되는 이유는, 진심으로 그렇게 믿기 때문이다.

　나는 남편을 통해 색다른 눈으로 세상을 본다. 너무 뜨거워질 때는 그렇게 과열되지 않아도 된다고 배운다. 너무 느슨해질 때는 저렇게 타이트해질 수도 있구나 깨닫는다. 내가 나와 비슷한 사람과 결혼했더라면 우리는 이미 소아 중환자실 앞에서 여러 번 무너졌을 것이다. 남편이 긴 시간 동안 눈물을 보인 건 단 한 번, 호수를 정말 잃을지도 모른다는 두려움이 최고치에 달한 날이었다. 유미흉 수치를 그만 들여다보자고 말한 것도 남편이었다. 그의 말이 맞았다. 의미 없는 숫자에 일희일비하기보다는 차분히 지켜보며 호수에게 힘을 실어주고, 결과에 최선을 다하는 쪽이 훨씬 현명했다. 남편은 사사로운 감정들로 에너지를 낭비하지 않는 사람이다. 가전으로 따지면 에너지소비 효율 1등급이랄까.

　물론 지나치게 효율적인 그를 보며 내심 서운했던 적도 적지 않다. 남편은 괜찮을지 몰라도 공감받으며 큰 힘을 얻는 나는 자주 외로워졌다. 퇴근한 남편에게 하루 종일 묵혀두었던 이야기들을 털어놓고, 원하는 반응을 얻지 못해 서러워했다. 시시콜콜한 고민들에 세심한 조언들을 받지 못해 서운해했다. 하지만 음료수 자판기에다가 과자를 내놓으라고 할 수는 없는 법. 내 안을 만지는 따뜻한 말들은 여자친구나 언니들에게 받기로 하고, 남편과는 밖으로 열어주고 꺼내주는 관계로 남기로 했다. 평생이 가도 아기자기한 분위기는 못 내겠지만, 조금 멋있는 부부는 될 수 있을 것도 같다.

　이런 엄마와 아빠 사이에서 호수가 어떤 사람으로 성장할지 가늠이 잘 되지 않는다. 하지만 부모 중 한 사람의 가이드가 한쪽으로 쏠릴 것 같으면 다른 사람이 나타나 균형을 잡아줄 것이다. 간혹 한쪽으로 치우치더라도 다시 중심을 잡는 두 사람 사이에서 호수가 넓은 관점을 익히고 자기만의 위치와 밸런스를 찾을 줄 아는 지혜를 발견했으면 좋겠다.

한결같은 호수 아빠는 여전히 요리를 한다. 이제 랍스타 솥밥 같은 메뉴는 눈감고도 만들 정도다. 매번 맛은 다르지만, 매번 맛만 좋다. 식단 조절을 하라는 건강검진 결과지를 받고는 스스로 채소와 닭 가슴살을 손질해서 도시락을 싸 들고 출근한다. 호수는 요리하는 아빠의 뒷모습을 보며 자란다. 그리고 그 삶에 기꺼이 동참한다.

어느 토요일 아침, 부스스 일어나 보니 남편은 거실에서 요가를 하고 있고 호수는 주방 바닥에 앉아 데친 방울토마토 껍질을 한 바가지나 까고 있었다. "호수야 뭐 해?" "호쥬 토마토 껌찔 까. 엄마, 이건 껌찔이고 이건 알맹이야. 아빠는 요가하고 있어. 후타나와싸나." 나는 아이의 맞은편에 앉아 남은 작업을 도왔고 남편은 발사믹 식초와 매실청, 생양파 등을 섞은 양념에 호수가 열심히 조물댄 토마토를 재웠다. 몇십 개나 되는 토마토였는데, 며칠에 걸쳐서 호수가 다 먹어치웠다. 그걸 다 먹다니. 나의 사

각지대를 지키는 남편 덕에 몰랐던 아이의 모습을
발견한다.

모든 걱정을 잊고

빵

남편과 나는 성격만큼이나 식성도 다르다. 이 취향 차이는 빵집에만 가도 훤히 드러나는데, 남편은 줄곧 소시지빵이나 속이 빈틈없이 찬 만주 같은 것을 집어 들었고 나는 한결같이 크루아상이었다. 나는 밀도가 높은 빵보다 손바닥으로 누르면 볼륨이 폭 빠져버리는 허풍 가득한 빵을 좋아한다. 반죽의 결이 몇 층 정도 쌓여 있는지 보면 빵집의 수준을 알 수 있다. 단단하지만 연약한 겉껍질, 와삭 하고 베어 물면 목구멍과 콧구멍으로 쏟아져 들어오는 버터의 감각, 부드럽고 쫄깃한 속살. 민들레 홀씨마냥 사방으로 흩어지는 부스러기쯤이야 얼마든지 기쁘게 치울 수 있다.

호수도 크루아상을 정말 좋아한다. 하지만 크루아상이라는 천국에 도달하기까지는 여러 빵의 단계를 거쳐야 했다. 처음에는 누구나 그럴 법하게 통밀식빵으로 시작했다. 제주도 여행 중 찾은 성이시돌 목장에서는 유기농 우유식빵을 사주기도 했고. 한 봉지에 8천 원이나 하는 그 식빵을 서울의 백화점에서 발견했을 때는 보물처럼 사 와서 냉동고에 얼려두었다. 호수는 가끔 아침에 일어나자마자 빵이 먹고 싶다 했고, 얼린 빵을 토스터에서 녹여야 하는 일련의 과정을 이해할 월령이 아니었다. "호수야, 빵이 이렇게나 차갑고 딱딱해. 이걸 먹겠다고?" "응." 아무리 손으로 만져보아도 왜 기다려야 하는지 납득하지 못한 아이는 매번 한바탕 울음을 터뜨리고 나서야 따뜻한 빵을 먹을 수 있었다. 그러다 모닝빵을 연이어 몇 번 먹어본 후에는 그렇게 좋아하던 식빵을 마다했다.

그리고 대망의 크루아상. 카페에서 크루아상 하나 쥐여주면 나도 커피의 맛을 음미하면서 마실 수 있는 평화의 시간이 시작된다. 밀가루와 탄수화물은 아이에게나 어른에게나 일상의 행복이 무엇인지 아주 간단하고 명확하게 알려준다.

호수는 내 어릴 적과 달리 참 건강한 아이다. 네 살이 되는 동안 열감기 한 번, 여름 바다 여행에서 수박을 왕창 먹고는 가벼운 장염에 걸린 것이 한 번. 이렇게 아이가 눈앞에서 버젓이 잘 먹고 잘 싸고 잘 자는데도 나는 매일 불안감에 시달렸다. 다음에 또 보자는 여지가 남은 대학병원 진료날에는 물론이고,

아무 문제가 없는 날에도 사그라드는 걱정에 새로운 걱정을 더해서 빈 공간을 채웠다. 혹여나 사는 데 지장이 있으면 어떡하지? 흉터 때문에 놀림받으면 어떡하지? 결혼 반대에 부딪히면? 하필 파일럿이나 직업군인 같은 것이 되고 싶다고 하면? 남편은 종종 이런 나를 다그쳤다. 이렇게나 건강한데 도대체 왜 그러냐고.

그냥 원래부터 그랬다. 무슨 일이 됐든 나의 생각들은 순식간에 10년을 앞서가서 에너지를 낭비하기 일쑤였다. 전셋집 재계약 시기가 다가오면 머릿속에서는 이미 새집에서 이삿짐을 풀고 있다. 참 쓸데없다. 하지만 걱정하지 말아야겠다고 다짐한다 해서 걱정이 사라지면 걱정이 아니지. 결국은 받아들이는 방법밖에 없다. 울고불고, 쭉쭉 뽑아내고 나면 걱정도 남아나질 않는다. 소모적이긴 하지만 몇 번 해보면 뭐든 그저 생각에 불과하다는 걸 알게 된다. 그렇게 펼쳐진 상상의 나래가 실제로 일어날 확률은 거의 없다는 것도.

걱정이 주는 이득이 있다면, 만에 하나 일어날 수도 있는 상황을 어느 정도 대비시켜준다는 것이다. 나는 제왕절개를 부정적으로 보는 것은 아니지만, 딱히 긍정적으로 생각하지도 않았다. 근본적으로 나의 선택이 아니었을뿐더러 주변에 자연분만은 물론이고 자연주의 출산까지 주장하는 엄마들이 있었기에 그 틈에서 무력한 수술 환자가 된 기분을 종종 느꼈다. 그런데 이 구멍을 메꿔줄 답을 나의 걱정 더미 안에서 찾았다. 분명히 어느 날엔가는 호수가 가슴의 흉터에 대해 물어올 텐데, 어떻게 설명한들 어린아이가 온전히 이해할 수 있을까. 그러면 바로 그때, 나의 제왕절개 자국을 보여줄 계획이다. 호수야, 살다 보면 수술을 하기도 하고 몸에 흉터가 남기도 해. 엄마도 여기에 수술 자국이 있지? 호수를 낳은 영광의 상처란다. 너도 힘든 싸움을 이겨낸 영광의 상처가 있지? 우리 둘 다 똑같네. 우리 둘 다 멋지다, 그치.

오래전에 봤던 어떤 외국 기사에는 한 아버지가 자신의 가슴에 아들의 심장 수술 자국과 똑같은 문신을 새겼다는 이야기와 사진이 담겨 있었다. 우리와 비슷해 보이는 위기를 자신만의 방식으로 넘기고 있었다. 뉴스 기사 속 아버지만큼의 담대함과 유머

라면 얼마든지 배우고 싶다. 영양가 없는 걱정들로
얼마나 아름다운 낮과 밤들을 속절없이 흘려보냈나.
예쁜 눈으로 바라보기만 해도 아쉬울 시간을 불안과
죄책감으로 물들이고 말았나. 그동안 호수는 티 없
이 건강했는데.

　　이 튼튼한 아이도 유독 시달리는 것이 하나 있
었으니 바로 다래끼였다. 언제부턴가 나기 시작하
더니 잦을 때는 한 달 텀으로 나기도 했다. 아이들은
짤 수도 없고, 째야만 한다면 수면마취를 시켜야 한
다고 해서 어찌나 발을 동동 굴렀는지 모른다. 약을
처방받고 아침저녁으로 온찜질을 해주면 가라앉을
때도 있고, 알아서 터질 때도 있고, 의사가 손으로
짤 때도 있다.
　　바로 오늘이 의사가 직접 짠 날이었다. 보통 안
과에 가면 눈을 들여다보는 것 외에 별다른 치료를
하지 않기 때문에 큰 거부감 없이 따라 나서는데, 오
늘은 그 믿었던 공간에 대한 배신감이 호수의 뒤통
수를 후려치는 날이다. 눈을 찌르는 날이라고 해야
하나. 하지만 어떻게 너에게 다래끼 째러 간다고 말

할 수 있겠니. 가끔은 그냥 모르고 당하는 게 나을 때도 있단다. 적어도 미리 걱정할 시간은 덜었잖아.

　마취 없이 다래끼를 짜는 것은 매우 아플 것이다. 아무리 걱정하고 각오해도 별수 없는 아픔이다. 하지만 고통은 지나가고, 어쩐지 어젯밤부터 엄마가 자꾸 언급하던 뽀로로빵이 하사된다. 의사의 손맛은 조금 남아 있을지 모르겠지만 이제 극강의 탄수화물 맛을 즐길 일만 남았다. 천 원짜리 행복 덩어리를 손에 쥔 호수는 발개진 눈에 연고를 바른 채 기쁘게 길로 나선다. 아이란. 나도 너처럼 그렇게 모든 고통을 금방 잊고 웃을 수 있으면 좋으련만.

관점의 차이

아이스크림

아이스크림! 이 차갑고 부드럽고 달콤한 크림은 확실한 위로와 보상을 선사한다. 하루를 마무리하며 침대에서 숟가락으로 퍼먹는 아이스크림만큼 아늑한 음식이 또 있을까. 나는 시큼한 셔벗보다 크리미한 느낌을 좋아한다. 이에 씹히는 견과류나 초콜릿 덩어리 같은 것이 들어 있지 않으면서 너무 묵직하지 않은, 적당히 산뜻하고 부드러운 맛. 그러니까 먹으면서도 단맛에 얼굴이 찌푸려지지 않고, 다먹어도 목이 마르지 않은 맛.

호수는 네 살이 되도록 시중에 파는 아이스크림을 먹어본 적이 없다. 이 정도면 극성 엄마 등극인가? 하지만 유독 음식에 있어서만큼은 스타트를 끊는 것이 어려웠다. 소금 맛을 본 아이가 저염식으로 돌아갈 수 없는 것처럼, 진짜 설탕의 세계를 알게 되면 자연의 단맛으로는 만족할 수 없다고 생각했다. 그렇다고 자연스럽게 마주하는 경험까지 차단하지는 않는다. 어린이집에서 생일 파티를 여는 날에는 작은 손에 초콜릿 하나를 꼬옥 쥐고 귀가했고, 인생 최고치 달콤함을 맛볼 들뜬 마음에 잔소리할 새 없이 저녁식사를 마쳤다. 아이스크림 경험도 전혀 없는 것은 아니다. 책이나 미디어에 자주 등장하는 아이스크림이라는 것을 느끼게 해주고는 싶었으나 온갖 첨가물로 가득한 공산품을 내 손으로 사 먹일 마음이 도무지 일지 않았고, 그래서 찾은 타협점이 바로 직접 만들기였다.

만드는 방법은 간단하다. 내가 만들 정도면 남들은 눈감고 발로도 만들 수 있다. 시판 주스를 그대로 얼려도 되지만 이왕이면 비타민과 섬유질도 함께 섭취했으면 하는 마음에 과일과 요거트를 함께 믹서에 간다. 마침 한창 복숭아 철이라 두어 개 잘라 넣어보았다. 소독한 실리콘 틀에 반죽을 붓고 막대기를 거꾸로 끼운 다음 냉동실에서 꽁꽁 얼린다. 결과는 대실패였다. 그냥 먹으면 충분히 달콤한데, 얼리는 과정에서 당도가 낮아지는 듯했다. 그래도 호수에게는 생애 첫 아이스크림이었고, 틀에서 얼린 과일 덩어리가 나오는 모습을 보고는 흥분을 감추지 못했다. 앞치마에 단물을 뚝뚝 흘리며 신나게 하나를 해치우면서 한 말은, "엄마, 수박 맛이 나요."였다. 시원하긴 한가 보구나.

차가운 아이스크림을 마음껏 먹을 수 있었던 계절의 끝자락, 우리 가족은 당일치기로 강원도에 다녀왔다. 금요일 밤의 분위기에 취해 내린 즉흥적인 결정이었고 마음에 드는 숙소는 모두 예약이 차 있었다. 그렇다고 아이를 데리고 모텔에서 대충 잘 수도 없는 일. 아침 일찍 출발해서 레일 바이크를 타고, 돈가스와 칼국수로 배를 채우고, 미술관 구경까지 하고 나니 오후 5시가 되었다. 여행의 피로가 쌓인 아이를 데리고 저녁을 먹겠다고 식당을 찾는 일은 식사가 아니라 전쟁을 치르러 가는 것과 같다. 이 전쟁에서 승자는 아무도 없다. 이에 우리는 휴게소에서 음식을 픽업해서 차 안에서 먹으며 귀가하기로 했다.

요리 실력과 별개로 메뉴 선정은 언제나 내가 옳다. 남편은 분명히 앞뒤 고려 않고 아무거나 사 올 것이었다. 아니나 다를까 쫄면 운운하길래 대뜸 지갑을 넘겨받았다. 해는 다 졌고 뒷좌석에서 애도 먹이고 운전자도 먹이고 나도 먹고 닦고 정리까지 해야 하는데 쪼올며언? 휴게소를 훑으며 나름대로 맛과 영양과 기능성의 균형을 맞춘 메뉴를 섭렵했고 결과는 떡볶이, 소떡소떡, 알감자, 그리고 핫바였다.

호수는 말랑한 어묵 덩어리에 이를 쑥 담가보더니 혓바닥으로 밀어냈다. 그럼 그렇지, 오늘은 감자로 때우렴. 그런데 내가 꼬치를 잡고 핫바를 먹는 모습을 보더니 "아스크림."이라고 하면서 다시 달라고 하는 게 아닌가. 그러고는 아스크림, 아스크림, 하며 끝까지 먹어치웠다. 알감자 역시 꼬치에 끼워서 감자 아스크림이라며 네 알이나 먹었다.

이거다.

다음 날, 지체 없이 남편에게 밥도그를 요청했다. 나무젓가락을 꽂은 볶음밥 덩어리 한 상이 차려지자 호수는 "밥 아스크림!"이라고 외쳤다. 한입 베어 물고는 다음에 또 해달라는 멘트로 셰프의 성취감을 높여주는 아이. 그날의 식사는 자기 팔뚝만 한 밥도그 두 개를 해치우며 가히 전투적으로 마무리되었다. 그 뒤로도 우리 집 식탁에는 껍데기 속 알맹이를 하나씩 떼어 먹는 조개 요리와 알록달록 소스에 콕콕 찍어 먹는 주먹밥처럼 행위에 초점을 맞춘 놀이식사가 종종 등장했다.

맛보다 먹는 방법에서 새로움과 즐거움을 찾는 아이. 내가 재료와 맛에 빠져서 헤매는 동안 초점은 내내 다른 곳에 있었다. 호수에게 아이스크림이란 차갑고 달콤한 '식감'이나 '맛'이 아니라 막대기에 끼워 먹는 '행위'를 뜻하는 것이었다. 우리는 같은 단어로 대화했지만 그 안에 담긴 의미는 전혀 달랐다. 이 작은 듯한 차이로 이후의 모든 소통과 경험이 뒤바뀐다. 하지만 함께 부대껴보지 않는 이상 문제의 본질을 알아차리기란 쉽지 않다. 아이들이 겉으로 드러내는 표현과 실제로 품은 마음은 다를 때가 많았다.

나이가 지긋한 어떤 어린이집 원장님은 아이가 하는 말들을 글로 적어놓으라고 하셨다. 하루가 다르게 언어 세계가 커지는 아이. 나의 두뇌는 그 속도를 쫓아가지 못해서 이 아이가 방금 전에 했던 말조차 정확히 기억해내기 어렵다. 그래서 그 기발하고 영리한 말들을 틈틈이 적어둔다. 자세히 듣고 기록하는 습관을 들이면 짧지만 순수한 말들 사이에 숨어 있는 마음이 조금씩 뚜렷하게 보이지 않을까. 아이와의 관계는 잠깐이라도 손을 놓는 순간 아주 빠르게 멀어져간다. 매일 달라지는 호수의 관심 높이로 나의 시선을 옮기는 일, 그게 진짜 육아이자 애정이었다.

돌이켜보면 나는 어리광이 심했다. 겉으로 보기엔 목소리도 크고 솔직한 듯 보이지만, 진짜 속내를 깔끔하고 담백하게 펼쳐내는 타입은 아니었다. 이십대 때 유독 심했는데, 똑바로 말하지 않고 빙빙 돌려서 떠보는 통에 연애하던 남편이 고생을 많이 했다. "가버려!" "가란다고 진짜 가냐!" 이런 상황의 연속이었다. 결국 이런 나를 바꿔놓은 것은 남편 본인이었다. 눈치코치 없는 그와 살면서 원하는 바에 근접하게라도 가려면 생각보다 더 정확하게 말해야 한다는 사실을 깨달았다.

나는 어린이가 아니다. 제대로 말하지 않으면 아무도 알아주지 않는다. 그래서 '아이스크림'이라는 추상적인 말보다 '막대기를 꽂은 음식'이라고 표현하는 법을 배웠다. 나도 호수처럼 매일 자란다.

넌 어떻게 버텼어

생선 가시

몇 년 전 가을, 호수 또래의 아이를 키우는 가족과 함께 제주도 여행을 떠났다. 서먹한 어른들은 육아를 하고 있다는 사실 하나만으로도 쉽게 뭉친다. 같이 놀지도 않고 생활 패턴도 안 맞는 아이들을 데리고 어른 넷은 손수 바비큐를 굽기도 하고, 한밤중까지 와인을 기울이기도 하고, 목장과 항구와 카페를 쏘다녔다.

　　첫 돌이 지난 지 얼마 되지 않은 어린아이들을 데리고 갈 수 있는 식당에는 제약이 많았는데 우선 뜨거운 국물이 나오는 국밥집이나 불을 지피는 고깃집은 피해야 했고, 좌식이거나 등받이 없는 플라스틱 의자에 걸터앉아야 하는 곳도 피해야 했고, 당연히 맵거나 자극적인 음식도 피해야 했다. 이 모든 조건을 고려해서 찾은 곳 중 하나가 바로 은갈치집이었다.

　　생선구이를 좋아하는 나도 갈치나 꽁치는 잘 찾아 먹지 않는데 이유는 가시 때문이다. 생선살 사이사이에 깃든 잔가시가 바르고 발라도 또 나온다. 혼자 먹는 것도 귀찮은데 그걸 발라서 아이 입에 넣어주려다 보면 나는 쫄쫄 굶기 십상이다. 그래서 집에서는 가시가 굵은 고등어나 조기, 또는 포를 뜬 동태 살 같은 것을 구워 먹었다.

그런데 전문점이 괜히 전문점은 아니더라. 식당 직원은 베테랑의 손길로 어른 둘의 팔을 합친 것만 큼이나 긴 은갈치의 살을 순식간에 발라냈다. 방금 어떻게 한 거죠? 애나 어른이나 갈치쇼에 들떠서 신나게 밥을 먹었다.

살면서 목에 생선 가시 한번 안 걸려본 사람 있을까. 나 역시 생선을 발라 먹다가 목이 따갑고 불편 하면 맨밥을 한가득 밀어넣곤 했다. 알고 보니 가장 해서는 안 될 위험한 방법이었지만. 그렇게 밀어낸 가시는 내려간 건지 아직도 끼어 있는 건지 애매한 느낌을 남겼다. 물도 마시고, 반찬도 먹고, 이도 닦 고, 잠도 자고 일어나서야 가시가 박혔었지, 하고 상 황이 넘어간 것을 심드렁히 깨달았다.

우리는 우리에게 일어나지 않은 사건 사고에 대 해 감사를 품을 만큼의 경험치가 없다. 하지만 뭣 모 르고 꿀떡꿀떡 삼킨 맨밥 때문에 목구멍이 찢어지지 않은 것만으로도 얼마나 다행인지. 혹은 병원까지 실려 가더라도 핀셋 하나로 해결된다면 좋고. 물론 가장 좋은 건 애초에 가시가 걸리지 않는 것이지만, 평생 갈치 한번 안 먹고 살 것은 아니잖아?

목에 걸린 생선 가시 같은 일들은 수시로 일어난다. 어느 날, 친구의 아이가 영문 모를 고열에 며칠씩이나 시달린 끝에 입원까지 하게 되었다. 원인을 찾기 위한 검사가 줄을 섰다. 작은 몸 여기저기에 바늘을 찌르고, 초음파를 보기 위해 열두 시간 금식을 하고, 해열 주사를 맞으며 기다리는 것밖에 할 수 없는 시간이 이어졌다. 이 가시는 언제쯤 내려갈까. 아이들이 잠든 늦은 밤, 친구에게서 문자가 왔다.

— 넌 어떻게 버텼어?

호수가 중환자실에서 일반 병실로 옮겼을 때, 옆자리에는 상황이 조금 더 어려운 아기가 있었다. 신의 은혜를 겸허히 담은 이름의 여자아이. 수술이 두어 차례 더 남았다고 했다. 특수 젖병을 써야 했으며 몸무게가 늘지 않았다. 시간이 더디게 흐르는 공간 안에서도 아이의 엄마는 참 씩씩했다. 걸음걸이와 목소리, 눈빛에 힘이 넘쳤다. 툭하면 흐트러지는 나는 그런 그녀에게 빠르게 끌렸다. 공유할 수 있는 속내가 곁에 있다는 안도감에 병실 생활이 조금은 즐겁다는 착각마저 들 정도였다. 아이들이 잠든 시간에 속닥속닥 짧은 수다를 나누기도 했고, 초유도 못 먹였다는 말을 듣고 집에 냉동해둔 내 모유를 몇 팩 갖다주기도 했다. 그런데 호수가 퇴원하던 날, 옆자리 담당의가 오더니 아기의 백혈구 수치가 낮다며 검사가 추가되었다고 전했다. 그 검사는 어떤 미래를 숨기고 있을까. 나는 결국 불이 들어오지 않는 병실 한구석에서 그녀가 무너지는 모습을 보았다. 모른 척하기에는 우리 사이의 거리가 너무 좁았다. 혓바닥이 무겁게 가라앉았다. 뭐라고 할 수 있겠으며 말이 무슨 의미가 있을까. 퇴원하는 길에 모유를 조금 더 가져다주고, 연락처를 교환할까 잠시 고민했지만 그만두었다. 무엇 하나 더 감당할 수 없는 우리는 모르기를 택했다.

그 엄마나 나나 버틴 것이 아니었다. 매 순간 귀싸대기를 후려치고 지나가는 것을 맥없이 맞으며 무

력하게 자리에 서 있었다. 시간이 우리를 밟고 지나
갈 때까지 기다리는 것밖에 달리 할 수 있는 일이 없
었다. 다만 부디 끝이라는 것이 있기를, 그리고 그
끝에서 아이들이 건강하게 살아 있기만을 바랐다.

"어떻게 버텼어?"라는 말은 수년 전 그때로 고
스란히 날아가서 나를 어루만져주었다. 우리의 고통
을 손톱만큼이라도 겪어본 사람의 말이기 때문이었
을까. 다 괜찮아졌다고 생각했는데, 그 시간은 그때
그 자리에서 부동의 자세로 머물러 있었다. 목구멍
에 깊숙이 박힌 가시처럼. 얼마나 지나야 내려갈까.
내려가는 길에 또 다른 상처를 내진 않을까.

예고 없이 치고 들어온 친구의 한마디를 어떻게
소화해야 할지 멍하니 머리를 굴리고 있는데, 방에
서 자고 있던 호수가 깼는지 칭얼거리기 시작했다.
어둠 속에서 혼자 눈을 떴을 아이 생각에 빠른 걸음
으로 들어가 옆에 누워 작은 몸을 부드럽게 다독였
다. 호수는 나에게 등을 보인 채 다시 새근새근 잠이
들었고, 그 뒷모습을 보며 한참을 소리 없이 울었다.

살고 싶으면 도망쳐

단맛

나의 버티기에는 나의 이상한 성격도 한몫 거든다. 무슨 일이 생기면 흡사 나에게만 일어난 거대하고 특별한 일인 것마냥 몰입하는 동시에 반대로 완전한 남의 일처럼 치부해버리기도 하는 요상한 면을 가지고 있다. 다리를 달달 떨고 손톱을 물어뜯으면서 '어떻게든 되겠지.' 하는 것이다. 자아가 분열되는 느낌, 또는 두 개의 극단적인 자아가 부딪치는 느낌이 들어서 갈팡질팡한다. 이런 걸 뜨거운 아이스 아메리카노라고 하던가.

　　호수의 시간을 겪는 동안 삶에서 빠져나가고 싶다고, 증발해버릴 수 있으면 좋겠다고 생각했다. 애초에 아무것도 존재하지 않은 것처럼. 하지만 병원에 있는 호수에게 가장 필요한 건 다름 아닌 나였다. 신입 엄마라는 배지를 달고선 삶을 놓아버리지도, 그렇다고 제대로 움켜쥐지도 못하는 나약하고 불안정한 나. 어느 날에는 그런 압박감과 보상심리 같은 것에 휩쓸려서 쇼핑 앱을 켜고 있는 나를 발견했다. 뭔가에 홀린 듯이 주문을 하고, 택배 상자를 뜯어 거울 앞에서 걸쳐보고, 새 옷을 입고 중환자실 면회를

갔다. 조금 미친 사람 같았다. 아픈 아기를 두고 패션쇼라니. 하지만 나는 그렇게라도 살아야 했다.

그 시작은 짙은 초록빛의 리넨 원피스였다. 호수가 퇴원해서도 육아에 지치는 날이면 아이를 재우고 소파에 벌러덩 드러누워서 선뜻 주문 버튼을 눌렀다. 주문한 택배가 채 도착하기 전에 새 주문을 넣었다. 그래도 된다고 생각했다. 너덜너덜해진 몸과 마음을 기울 수 있는 간단한 장치가 필요했고, 그게 옷 쇼핑이라면 차라리 다행이라고. 내가 어떤 소비를 하든 신경 쓰지 않는 남편의 눈치를 보며 죄책감을 느끼기도 여러 번이었지만 윤리적인 감정은 보상 심리로 들끓는 물욕을 다스리기엔 역부족이었다.

나는 얼마 지나지 않아 옷 잘 입는 애엄마가 되어 있었고 웃기게도 그 기분이 좋았다. 자신을 썩 나쁘지 않은 방법으로 지켜냈다는 생각에. 암흑 같은 시간에 작디작은 반짝임이 필요하다고 느낄 때마다 나는 도망쳤다. 지금, 당장, 가장 빠르고 쉽게 자신을 다독이고 응원할 수 있는 곳으로. 문제를 해결하는 방법은 의외로 정면이 아닌 측면에 있을 수 있다. 그렇게 즐겁고 작은 시간의 조각들을 주워 담았다.

호수도 예쁜 옷을 많이 입는다. 그리고 아무 일도 없었던 것처럼 큰다. 하지만 영원한 건 아무것도 없다. 아팠었고, 아프지 않지만, 아플 수 있다. 모두 그렇다. 모두 은연중에 알고 있다. 그러니까 지금을 누리자. 우리 가족은 아파봐서 안다. '아픈'이 아니라 '아팠던'이라고 말할 수 있는 지금이 얼마나 달콤한지. 하루하루 매 순간 그 맛을 음미한다. 호수가 걷고 뛸 때, 스스로 숟가락으로 밥을 먹을 때, 끊임없이 떠들고 동요를 흥얼거릴 때마다 나는 진한 단맛을 느낀다. 내일은 어떨지 아무도 모른다. 하지만 적어도 지금 당장 나는, 호수는, 우리 가족은, 퍽퍽한 건빵 속에서 하나씩 튀어나오는 별사탕처럼 문득문득 달콤하다.

그럼에도 불구하고

아는 맛

소고기를 썩 좋아하지 않는 호수도 육전은 잘 먹는다. 기름에 부치거나 튀긴 건 누구나 좋아하지. 원래 아는 맛이 제일 무섭다. 식탁 위 긴장감을 다스릴 기운이 남아 있지 않은 날에는 부엌 찬장에서 유기농 식용유를 꺼내 들었다. 동태전을 부쳐주기도 하고, 돈가스를 튀겨주기도 했다. 이삼일 연속 기름을 쓴 날에는 좀 담백하게 차려야 하나 하는 생각도 들지만 아예 안 먹는 것보다는 낫다는 쪽이다. 의사의 의견도 같다. 방사선을 너무 많이 쬐면 안 좋지만 병을 찾아내기 위해서는 필요하므로 더 나은 선택을 하는 것입니다.

낮 기온이 33도를 육박하는 7월 초, 입맛도 없고 만사가 귀찮아서 배달 앱을 켜고 냉면과 육전을 주문했다. 음식이 도착하자마자 육전은 깨끗한 젓가락으로 유리통에 옮겨 담아 냉장고에 넣었다. 호수의 다음 끼니에 올라갈 소중한 반찬이다. 냉면 그릇 앞에 휴대폰을 살짝 세우고, 이미 종영한 지 한참 지난 드라마 〈슬기로운 의사 생활〉을 켰다. 아차. 식사를 하면서 보기에는 힘겨움이 넘실대는 장면들이 조금씩 미화되어 화면을 채웠다.

첫 화에서부터 세 살배기가 세상을 떠났다. 호수만 한 여자아이가 중환자실 침대에 누워 있는 걸 보자마자 예고 없이 눈물이 터져 나왔다. 한 달이 넘도록 입구에서 서성이던 그 거대한 방의 색깔, 의료진의 복장, 한낱 수액팩 같은 것과는 비교가 안 되는 약물 장치, 하다못해 의사가 손세정제로 손을 세척하는 모습 같은 자잘하고 익숙한 조각들이 다시 끼워 맞춰지며 나를 둘러쌌다. 한동안 묻어두었던 미련들이 다시 고개를 들었다. 의사를 바꾸지 말았어야 했나? 수술을 미뤘어야 했나? 아니, 임신을 미뤘어야 했나? 내가 무슨 죄를 지었나? 전생에 무슨 일이 있었나?

3화쯤에서 아주 어린 아이의 심장 수술 장면이 나왔는데, 정작 이 부분에서는 별로 동요하지 않았다. 오래전부터 듣고 또 듣고, 읽고 또 읽은 내용이었다. 수술하기 위해 심장을 멈추고 인공심폐기로 혈액을 돌린다는 이야기, 심장이 부으면 며칠 동안 가슴을 열어두었다가 닫는다는 이야기, 아무리 상상해보려 해도 과학책 속 비현실적 에피소드같이 느껴지는 이야기들. 그런데 내가 놓친 비과학적 포인트가 하나 있었다. 의사가 수술을 마친 후 심장이 다시 제힘으로 뛰기를 간절히 기다리는 시간이 있다는 것. 화면 속 아이의 멈췄던 심장이 규칙적으로 뛰기 시작했을 때 체감했다. 호수의 심장도 저렇게 돌아왔구나. 어디 멀리라도 다녀온 것 같다.

나는 어째서 이 드라마 한 편에 이렇게까지 공감해야만 하는가. 모르고 싶다. 하지만 한편으로는 현실보다 구체적인 허구를 제정신으로 볼 수 있음이 얼마나 감사한지. 최고의 의료진이 최선을 다하고 있는 나라에서 미리 예측하고 제때 치료받을 수 있음이 얼마나 다행인가. 나는 그 반대편의 이야기를 모른다. 안다 해도 사실은 모르는 것이다.

하지만 호수의 이야기는 누구보다 잘 안다. 우리에게 일어난 일을 수십, 수백 번 머릿속에서 재연해왔다. 지우고 싶은 기억을 박제시켜버릴 것마냥. 사건의 한가운데에 있을 때는 하루라도 빨리 그 소용돌이에서 벗어나고 싶은 마음뿐이었지만, 가장자리로 벗어난 지금 곰곰이 다시 생각해본다. 만약 임신하기 전으로 돌아갈 수 있는 기회가 있다면, 나는 돌아갈 것인가.

〈슬기로운 의사 생활〉에는 산부인과 에피소드도 여럿 등장한다. 크고 작은 어려움 끝에 기쁘게 아기를 안아보는 장면들도 있지만, 그렇지 못한 장면들도 있다. 그중 한 산모는 아직 예정일이 한참이나 남은 시점에서 태아의 뇌가 형성되지 않았다는 말을 듣는다. 태어나더라도 얼마 못 버티고 떠날 아이. 보통은 인공유산을 통해 먼저 떠나보내게 되지만 산모는 다른 선택을 했다. 막달까지 품은 아이를 출산과 동시에 보내주고 우는 산모의 손을 꼭 잡고 의사는 "최선을 다하셨어요."라고 말한다.

최선을 다하는 것. 최선을 다하는 사람은 어떠한 상황에서도, 그러니까 결코 평탄하지 않을 걸 알면서도 온몸과 마음을 던진다. 영화 〈컨택트〉에서는 주인공이 외계인과의 만남과 소통을 통해 자신의 미래를 볼 수 있게 된다. 그 미래에는 아직 임신하지 않은 딸, 그리고 그 딸의 때 이른 죽음도 포함되어 있다. 예견된 상실을 얼마든지 피할 수 있는데, 되려 온몸으로 끌어안는다. 기꺼이 아이를 낳고, 사랑하고, 이별한다.

　나는 되도록이면 하는 쪽을 택하며 살았다. 태어나기 전으로 갈 수 있다 해도 분명히 태어나는 쪽을 선택했을 것이다. 사는 것은 그 자체로 벅차지만, 그래서 더 살아볼 만하다고 느낀다. 우리는 언젠가는 반드시 이별한다. 헤어짐이 두려워서 마음 주지 않는다면 더 많은 걸 잃을 뿐이다. 만남과 이별, 사랑과 갈등, 그리고 삶과 죽음 안에는 직접 겪어봐야만 얻을 수 있는 감동이 있다. 감동 따위, 라고 말할 수도 있겠지만 사실 산다는 건 그게 다다. 온몸으로 느끼는 것.

　본업인 인터뷰를 하다가 "어떻게 그럴 수 있었나요?" 물으면 "그땐 뭘 몰라서요."라는 대답이 자주 돌아오곤 했다. 무식해서 용감하다고, 경험과 능력치가 쌓이면 수월해질 것 같지만 오히려 두려움도 함께 커진다. 그래서 내딛는 한 걸음의 무게가 예전과 사뭇 다르다. 그때부터는 진짜다. 알면서도 선뜻 가는 길, 그 길에 서 있는 모두가 용사다.

　건강하게 태어난 아이들이 제일 부러웠던 때가 있었다. 하지만 이제는 호수가 아니면 안 된다. 아픈 호수도 내가 씩씩하게 살피고, 건강한 호수도 내가 자랑스럽게 키우고 싶다. 호수의 머리카락, 호수의 눈웃음, 호수의 손가락, 호수의 애교 섞인 말투. 무엇 하나 호수의 것이 아니면 안 된다. 그러니까 나는, 다시 돌아가더라도, 돌아가서 미래를 다 알게 되더라도, 열 번이고 백 번이고 다시 호수를 낳고, 호수를 위해 기도하고, 호수 뒤에서 눈물을 닦으리라.

감사하게도 사랑하는 이들과의 이별이 아직 도래하지 않은 매일. 하루하루가 무심하고 뚜렷하게 흘러간다. 나의 역할은 작은 순간들을 기억하는 일. 그리고 미래에 그 기억을 꺼내어 들려주는 일.

퇴근한 남편이 냉장고 문을 열고 차가운 맥주 한 캔과 식은 육전을 집어 들었다. 그거 호수 반찬이니까 두 조각만 남겨둬. 아침에 일어나 보니 식탁 위에는 다 마신 맥주캔이 올려져 있고, 냉장고 안에는 육전 두 조각이 가지런히 유리통에 담겨 있었다. 호수는 익숙한 맛이라는 듯 잘 먹어주었다.

아무렇지 않을

용기의 맛

옆집에 누가 사는지도 잘 모르는 요즘, 공동육아만큼 반가운 것이 있을까. 이렇다 할 계획이 없던 어느 주말, 옆동네 친구 가족을 집에 초대했다. 무슨 맛인지 모르겠는 커피를 마시고 어디에 정신을 두어야 할지 기억나지 않는 대화를 나누다 보니 친구의 아이가 기저귀를 갈 때가 되었다. 아이를 매트에 눕히고 상의를 들추자 산딸기 같은 붉고 둥근 점이 하나 드러났다.

"호수는 혈관종 같은 것 없지?"

혈관종은 또 뭐야. 아기가 데리고 태어날 수 있는 불청객들의 향연. 호수는 우리도 모르는 많은 허들을 넘었구나. 여하튼 그런 것은 없다고 답하고, 그 다음으로 쑥 밀려 나오는 심장 수술에 대한 말을 삼켰다. 놀라움과 위로가 섞인 얼굴들을 굳이 마주하고 싶은 생각이 없었다. 아무렇지 않을 준비가 되어 있지 않은 상황에서 자신를 지키는 방법은 침묵뿐이었다.

침묵은 쭉 이어졌다. "우리 애 수술했어요."라고 동네방네 소문낼 필요까지는 없지만, 나는 조금 더 열심히 감췄다. 호수가 중환자실에 있는 동안에는 인스타그램 활동을 중단했고, 목욕 장면을 찍을 때는 흉터가 잘 보이지 않도록 카메라 각도를 신경 썼다. 수영복은 자외선을 차단한다는 핑계로 래시가드까지 꼼꼼하게 입혔고, 집 밖에서 옷을 갈아입혀야 할 때는 최대한 신속하게 처리했다.

수술이나 아픔이 흠이라고 생각하는 것은 절대 아니다. 다만 사람들의 입에서 호수가 아픈 아기의 사례로 언급된다고 생각하니 기분이 좋지 않았다. 타인의 행복을 뒷받침해줄 이야기의 주인공이 되는 것은 더더욱 싫었다. 소아 심장병이라는 주제가 나온다면 호수의 이야기를 아는 사람은 대번에 말할 것이었다. "내가 아는 애도 태어나자마자 수술했는데 지금 아무렇지 않게 잘 커. 네 아기도 괜찮을 거야." 그 다정한 우려의 말 뒤에는 겪어보지 않아서 누릴 수 있는 무심함과 어쨌든 자기 일은 아니라는 안도감이 서려 있다고 생각했다. 그리고, 여전히, 아무렇지 않지 않다. '그런 적 없는 듯이'라는 표현에는 반드시 그런 적이 있었다는 전제가 있다.

아픈 가족의 사연은 언제나 어디에선가 일어나

고 있다. 이야기하는 사람과 이야기하지 않는 사람
이 있을 뿐이다. 함구하는 중에 내가 호기심을 갖고
바라보았던 대상이 바로 그 이야기하는 사람들이었
다. 어떤 사람들은 열심히 해시태그까지 달아가며
가족의 투병 생활을 SNS에 올렸다. 얼마나 잤는지,
얼마나 먹었는지, 어떤 약을 투약했고, 어떤 진료를
보았으며, 어떤 기분이 들었는지. 이렇게까지 낱낱
이 공유한다고? 그 심리가 굉장히 궁금했다. 그리고
그들이 멋있어 보였다.

　아무렇지 않을 것. 그것은 누구도 아닌 나의 선
택이다. 아무렇지 않을 수 있는 사람들은 아무래도
자존감이 높다. 이야기하는 사람들의 자존감은 자신
을 있는 그대로 내보이는 형태로 다가왔다. 일어난
일에 과하게 의미 부여하지 않고 남들의 시선에 개
의치 않는다는 뜻이겠지. 그리고 또 하나, 타인에게
있어 자신이 그다지 중요하지 않다는 걸 가뿐하게
깨닫는 게 포인트다.

　호수에게 한 가지 지켜주고 싶은 게 있다면 자
존감이다. 나는 들쑥날쑥한 자존감 때문에 쌓인 피

로감이 꽤나 커서, 내 아이만큼은 좀 더 안정적인 자존감을 키워주고 싶었다. 엄마인 내가 타인의 들리지 않는 생각들을 의식하지 않는 건 호수의 마음에 아주 중요하다. 어떤 눈길과 말이든 그건 그들의 것이고 우리와는 딱히 상관이 없다는 사실을 몸소 보여주어야 한다. 아이는 엄마의 흔들리는 눈동자와 굳게 다문 입술선을 빠르게 눈치챈다. 나의 해결하지 못한 마음들은 고스란히 아이의 무의식 속에 축적된다.

나는 호수가 너무 용기 내지 않고 살았으면 좋겠다. 새로운 친구를 만나 자기의 이야기를 하는 일이, 여름 바다에 놀러 가 웃통을 벗는 일이, 군대에 가지 않은 이유를 설명하는 일이, 모두 용기에서 비롯된 게 아니라 그저 으레 자연스러운 행위가 되었으면 한다.

바깥 세상은 쉽게 바뀌지 않으니 내면을 단단하게 다지는 수밖에 없다. 인생을 세울 땅을 다지기 위해 삽을 뜬 작은 손을 내가 함께 잡고 있다. 아이의 건강한 꽃을 피우기 위해 나는 아무렇지 않을 용기부터 내야 한다. 엄마의 사랑은 다정하고 부드러운 줄로만 알았는데 아니, 씩씩한 거였다.

아이들은 있지, 엄마의 배 속에 오기 전부터 엄마의 그토록 씩씩한 용기를 먹고 자란대.

비로소 이해할 수 있었던

엄마의 밥상

출산 직후의 위기가 지나가고 나서는 가족들도 안정을 되찾았다. 그리고 나는 아이가 뒤집고 스스로 앉으려고 하던 즈음부터 조금씩 짬을 내서 다시 일하기 시작했다. 그때부터 지금까지 박사 과정을 수료했고, 인터뷰집을 출간했고, 북토크와 강연을 했고, 에세이를 쓰면서 유튜브 채널을 시작했고, 새로운 브랜드북과 촬영 프로젝트 등을 계약하기에 이르렀다. 이 모든 게 가능할 수 있었던 것은 바로 우리 엄마 덕분이다.

호수를 낳기 백 일 전쯤 남편과 나는 친정 근처, 걸어서 10분이 채 안 되는 거리로 이사했다. 원래 살던 집은 서울 북쪽의 끝자락이었고, 엄마가 사는 곳은 서울 남쪽의 끝자락이다. 남편의 회사와 나의 생활권이 모두 멀어졌지만 달리 선택권이 없었다. 엄마의 도움 없이 작은 생명체를 사람으로 키워낼 자신이 없었다.

그 작은 생명체가 누워 지낼 때는 시도 때도 없이 현관 번호키가 울려댔다. 엄마는 모든 것이 서툴고 혼란스러운 집에 와서 설거지를 해주기도 하고,

유축하는 동안 아기를 돌봐주거나 내가 먹을 밥을 차려주곤 했다. 내가 다시 사회적 정체성을 찾아 나서고 물리적 시간 부족에 시달리기 시작하면서부터는 월, 수, 금 육아를 맡아주고 계신다. 호수는 어린이집에서 하원하는 길에 할아버지와 놀이터에 들러 실컷 놀다가 할머니 집에 가서 저녁까지 먹었다. 호수는 특히 박대구이와 애호박볶음, 그리고 동치미를 좋아했다. "할머니 동치미 먹고 싶어요."라는 말이 끝나기가 무섭게 엄마는 김치냉장고에서 손주를 위해 만든 특제 동치미를 꺼냈다. 내가 어릴 적에 그렇게 동치미를 좋아해서 새콤한 국물에 맨밥을 말아 먹었다고 들었는데. 워낙 안 먹는 아이를 키우며 그렇게 때우는 날들이 많았다고 했다.

나는 호수를 데리러 가는 김에 친정에서 저녁을 얻어먹곤 한다. 갓 지은 따끈한 밥, 새로 끓인 찌개 같은 음식을 먹는 건 오로지 엄마 집에서뿐이었다. 나머지 날들은 여전히 배달 음식이나 남은 반찬을 데워 먹으며 처참하다.

엄마와 나는 돈독하지만 화목하지는 않다. 그

건 아마도 우리가 너무 닮아서일 것이다. 가까워질수록 서로 밀어내는 자석의 같은 극과도 같다. 내가 싫어하는 나의 모습을 엄마에게서 발견할 때마다 괴로움에 몸부림쳤다. 벗어날 수 없는 유전자의 굴레처럼 느껴졌기 때문이다. 우리는 예민하고 섬세했으며 작은 일에도 쉽게 들뜨거나 전전긍긍하고 까칠한 말투를 갖고 있었다. 엄마는 아주 쉽게 울었다. 그리고 나는 그 눈물샘마저 닮아버렸다. 눈치는 빠르면서 속은 어울리지 않게 여려서 둘은 서로를 이해하고 받아들일 여유가 없었다.

엄마는 사회에서 능력을 채 다 써보지 못하고 주부를 직업으로 삼게 되었다. 그 에너지는 고스란히 가정으로 쏟아져 나를 숨 막히게 했다. 결혼을 하고 멀리 떨어져 살 때는 아련한 마음이 들 정도로 괜찮았는데, 다시 부모의 울타리에 들어와 작은 사람까지 함께 키우려니 일거수일투족이 공유되는 텁텁한 날들이 이어졌다. 엄마의 애정과 관심은 간섭과 잔소리라는 형태로 둔갑해서 일상과 마음속을 파고들었다.

그중 내가 유독 민감하게 반응하는 영역이 바로

커리어였다. 엄마는 나의 진로에 필요 이상의 관심을 두었다. 결혼할 시점에 버젓한 직장이 없는 것을 시댁에 죄스럽게 여겼고, 그 마음을 나에게 마음껏 내비쳤다. 호수가 한참 어리고 돌보기 힘들 때도 당신이 봐줄 테니 취직 기회가 있으면 얼마든지 지원하라고 등을 떠밀었다. 엄마의 열정은 내가 책을 낸 뒤에도, 정신없이 일을 하고 있을 때도 계속 타올랐다. 그럴 때마다 좌절하고 조급해졌다. 이렇게나 고군분투하고 있는데. 스스로 좋아하는 일을 찾았다는 것, 삶의 방향을 알고 있다는 것, 하루도 빠짐없이 조금이라도 앞으로 나아가고 있다는 것, 그것만으로도 인정받아 마땅하다고 생각했다. 하지만 우리의 경험과 기준은 너무 달랐고, 나도 뭔지 모르겠는 그 무엇을 증명하고야 말겠다는 미운 욕심이 일었다.

그러다 결국 터졌다. 저녁밥을 먹으며 지인이 운영하는 회사 이야기를 했는데, 예상치 못한 타이밍에 엄마가 치고 들어왔다. "거기 취직 한번 알아보지그래, 너랑 잘 맞을 것 같은데." 마음속에서 와락 불씨가 일었다. "내가 거기에서 뭘 해. 그리고 취직 얘기 좀 그만해. 이제 내 앞에서 취직의 취 자도 꺼내지 마." 엄마는 아무 말이 없었고, 서늘해진 공기 속에서 밥을 조금 남겼다.

엄마 없이는 남편과 단둘이 밥 한 끼도 못 먹는 주제에 잘도 떵떵거렸지. 어느 주말 오전, 연례행사 가 되어버린 데이트를 하기 위해 호수를 친정에 데 려다주었다. 아빠는 시제 때문에 시골집에 내려간 참이었다. 엄마의 표정이 썩 밝지 않다고 생각했는 데 갑자기 30여 년 전 제사 얘기를 털어놓기 시작했 다. 그러니까 뉴스와 드라마와 책에서 수없이 접한 그 한국형 며느리 이야기 말이다. 엄마는 두 번의 출 산 끝에 감당이 되지 않는 육아로 결국 다니던 은행 을 그만두어야 했다. 내가 아는 한 우리 엄마만큼 머 리가 좋은 어른은 없었다. 엄마는 텔레비전에 나오 는 암산왕들보다 더 빠르게 셈할 줄 알았다. 엄마는 아빠보다 골프도 테니스도 잘 쳤다. 엄마는 곧 죽어 도 옳은 소리를 하는 사람이었고, 아무리 작은 일이 라도 계획적으로, 야무지게, 귀찮은 내색 없이 완벽 하게 해내는 여자였다. 그런 엄마가 아끼던 일을 그 만두어야 했다. 그리고 도착한 시댁에서는 장손을 낳은 며느리가 아니라 일자리를 잃은 며느리가 되어 있었다.

엄마에게 여자의 경제력과 일터란 그런 의미였다. 험한 소리 따위 등질 수 있는 자신감, 스스로 일어설 수 있는 힘, 돌아갈 수 있는 집. 그래서 도대체 뭘 하고 살겠다는 건지 모르겠는 딸이 그토록 불안했으리라. 엄마 자신의 이야기를 들으니 그간 마음에 쌓였던 원망과 좌절감이 순식간에 사라지고 자기만의 성취나 즐거움을 누릴 새 없던 엄마가 보였다. 아마도 엄마는 내가 생각하는 것보다 더 괴로웠겠지만 더 괜찮은 날들을 보내고 있을 것이다. 그 시간의 많은 부분을 이제는 딸과 손주의 밥 차려주는 데 쓰고 있고.

남편과 나는 결국 예약한 식당에 조금 늦었지만 하나도 아쉽지 않았다. 무엇에 떠밀려 사위 앞에서 눈물을 삼키면서까지 말을 뱉어내야 했는지는 몰라도, 그 묵은 이야기를 듣지 못했다면 영영 오해만 품었겠다 생각하니 등골이 오싹해진다. 아주 잠깐이지만 자석의 같은 극이 붙었다가 떨어졌다.

나는 여전히 일주일에 세 번 엄마의 밥을 먹으러 가고, 엄마는 매번 소박하고 비슷한 밥을 먹인다. 가끔 시장에 가서 뭐가 먹고 싶냐고 전화를 걸지만 생각나는 것이 없다고 짤막하게 답해버리는 나는 한참이나 딱딱하고 부족한 딸이다. 동치미 국물에 맨밥 말아서 이리저리 돌아다니며 간신히 한 끼 먹던 애나, 밥 해주는 엄마보다 기다린 아들 생각만 하며 차려놓은 음식 대충 집어 먹고 몸만 쏙 빠져나오는 애나. 나는 여전히 다 크지 못한 한낱 애다.

룬아와 호수 엄마 사이

사는 맛

작년 여름, 유튜브를 시작했다. 취향과 브랜드를 다루는 채널의 이름은 바로 〈마요네즈 매거진〉. 새로운 프로젝트 이름마저 먹을 거라니 사건들의 연결고리 찾기를 즐기는 나는 입꼬리 한쪽을 픽, 올린다. 유튜브를 시작한 이유는 단순히 대세이기 때문은 아니었다. 많은 사람들이 하고 있다는 사실은 동기보다는 거부감으로 다가왔다. '굳이 나까지 해야 돼?'라는 삐딱한 의구심이 들었기 때문이다. 하지만 결국 발을 들이게 된 것은 그 거부감의 실체를 샅샅이 파헤쳐본 후였다.

영상 매체는 언제나 두려운 대상이었다. 대학교 1학년, 적금을 탈탈 털어 산 파나소닉 캠코더를 옆구리에 끼고 다니며 찍다가 편집 프로그램을 세 번 정도 시도해보고 모두 구석에 처박아두었던 적이 있다. 그때 나를 막아서는 이유가 어려움이었다면, 지금은 낡아빠진 두려움뿐이었다. 무서워서 안 하지는 말자. 도전했고, 생각보다 어렵지 않았고, 오히려 재미있었다.

하지만 유튜브 채널 운영이라는 것은 많은 시간을 들여야 가능한 일이었다. 게다가 구독자를 늘리고 재방문율을 높이려면 못해도 일주일에 하나씩은 업로드해야 했다. 아이를 키우는 입장에서 일주일에 인터뷰 영상을 한 개 올리는 것만으로도 충분히 바쁘다. 그런데 나는 책도 써야 했고, 외주 업무도 해야 했고, 이런저런 일들을 하고 있으니 관련된 이런 저런 제안들이 쏟아지기 시작했다. 결국 몇 가지 일은 수개월째 대기 중이고, 몇 가지 일은 고민할 새 없이 거절했다. 그러면서 어느새 육아는 내 삶의 전부에서 일부가 되었다.

작은 방에서 따로 자는 호수는 한번씩 깨서 짙고 푸른 어둠을 헤치고 안방으로 나를 찾으러 왔다. 실은 거기까지 올 필요도 없었다. 자정이 넘어 가까스로 잠이 든 나는 호수가 침대에서 부스럭대는 소리에 이미 귀가 쫑긋 깨었다. 임신을 확인한 순간부터 나에게 숙면이란 게 있었던가. 아이를 재워놓고 침대로 돌아오기를 수차례, 그 간결한 과정을 반복해가며 나는 토막난 잠들을 매일 밤 주워 담았다. 언젠가는 호수도 혼자 잘 자겠지, 나도 잘 자겠지, 하면서.

안타깝게도 아직 그런 날은 오지 않았다. 잠을 제대로 못 잔 인간은 모든 면에서 활력이 떨어진다. 호수를 재우면서 함께 잠드는 날들도 많아졌다. 다 끝내지 못한 일거리가 생각나서 거실로 나오면 새벽 2시를 맞이할 때까지 일했다. 이렇게는 못 살겠다. 오래도록 고집했던 분리 수면을 포기했다. 아이와 함께 잠들고, 중간에 깨도 방에서 나오지 않았다. 결국 남편은 높고 커다란 퀸사이즈 침대에서 홀로 자고, 나는 낮고 작은 싱글 침대에서 호수와 함께 자게 되었다. 생각했던 이상적인 그림과는 아주 멀지만 당분간은 타협하는 수밖에 없다. 누구도 아닌 나를 위해서.

아침에 일어나면 호수에게 요거트와 과일을 곁들인 그래놀라 한 그릇을 차려준다. 먹는 속도가 매우 느린 호수를 조금 재촉하면서 간단하게 씻고, 뭐든 "아니야."로 대답하는 네 살짜리 꼬마를 가까스로 준비시켜서 10분 거리의 어린이집에 간다. 10분이라는 건 내 걸음 기준이고, 굴러다니는 낙엽과 나무 밑에 쌓인 눈더미와 도로변의 사탕 껍질과 유치원 버스와 도르래가 비치는 지하철 엘리베이터에 모두 참견해야 하는 느린 걸음의 아이에게는 30분도 모자라다. 아이를 기관에 맡기고 재빠른 걸음으로 귀가하면 오전 10시가 조금 넘는다.

중간에 밥을 차려 먹을 여유 따위는 없어. 아점을 먹자. 배달 앱으로 음식을 주문할 때도 있지만 대체로 냉장고에 있는 남은 반찬들을 쓸어 담은 비빔밥이다. 오늘은 마침 지난 명절 덕분에 나물 반찬이 많다. 고사리와 시금치, 애호박, 무생채, 어묵볶음과 반숙 달걀프라이를 넣고 고추장과 참기름, 깨소금으로 고루 비빈다. 비빔밥이라는 메뉴 선택에는 다양한 영양소를 한 번에 섭취하고자 하는 희망사항과 책상 앞에 앉아 간간이 일하면서 먹을 수 있다는 멀티 플레이어의 조급함이 크게 작용한다.

짧은 식사가 끝나면 전기포트에 물을 끓여서 더치커피나 드립백으로 뜨거운 커피를 만든다. 아무 데다가 마셔도 상관없지만 그래도 예쁜 컵에 마시면 조금 더 갖춘 기분이 난다. 요즘에는 인터뷰하고 선물로 받아 온 작가님의 무광 세라믹 머그잔을 애용하고 있다. 홀짝홀짝. 식어가는 커피로 오후내 입을 적신다. 엉덩이는 책상 의자에서 일어날 기미가 없고, 목은 점점 거북이의 그것과 닮아간다. 책상 옆에는 미처 다 개지 못한 빨래가 쌓여 있고, 소파에는 벗어놓은 옷가지가, 바닥에는 머리카락과 먼지가 굴러다닌다.

어떤 삶이 더 나은지 모르겠다. 아이와 더 오래 시간을 보내며 여유롭게 건강한 한 상을 차려 먹고 독서와 운동을 겸하는 삶을 살고 싶지 않은 게 아니다. 하지만 정신없는 집구석과 근육통에 시달리면서도 꿈꾸던 어떤 지점에 조금씩 가까워지는 설렘으로 부푼 삶에서 더 나다움을 느낀다. 나는 나를 찾는 과정에서 많은 불안감을 덜어낸다. 그리고 나를 찾는 길에서 사실은 취하는 것보다 포기하는 게 더 많다는 것을 배운다.

"호수야 오늘은 월요일이야. 호수는 어린이집에 가고 엄마는 어디에 가지?"

"회사."

"엄마는 무슨 일을 해?"

"음, 책 만들어."

이 어린아이는 책 만드는 일, 그리고 회사라는 것을 어떻게 이해하고 있을까. 호수의 눈에는 이상하겠다. 회사에 간다고 했던 엄마가 계속 집에 있다. 호수는 일하는 엄마를 좋아하지 않고, 그 마음을 온갖 방법으로 표현하지만, 워킹맘의 마음은 저릿할 여유가 없다. 오후 4시까지 어린이집에 맡기기 시작하면서 왠지 당당한 기분이 들었던 것은 호수가 네 살이 되기도 했지만 더 이상 나의 업무 시간을 타협할 수 없는 수준에 이르렀기 때문이다. 그나마 하원 시간이 정해져 있지 않았다면 나는 어느 시점에 의자에서 일어나 몸을 펴야 할지 몰랐을 것이다. 아이가 없었더라면 몇시에 일을 끊고 잠자리에 들어야 하는지도 몰랐겠지. 그만큼 일욕심은 폭주하고, 아이는 그런 엄마의 과속방지턱이 되어준다.

나도 바쁘고 남편도 바쁘고 아이도 바쁘다. 바쁠 거라면 다 함께 바쁜 쪽이 조화롭다. 완벽하지 않은 것들이 어우러져서 완벽 이상의 만족을 느끼게 해준다. 이 성에 완성이란 없겠지만서도, 매일 하나라도 꿈 벽돌을 쌓아 올리는 지금이 얼마나 행복한 때인지 잘 알고 있다. 그걸 나중이 아니라 지금 안다는 건 아주 큰 축복이다.

문득 시계를 보니 하원까지 한 시간 정도밖에 남지 않았다. 커피는 다 마셔버렸고, 역시나 기대했던 만큼의 일을 해내지 못했다. 그래도 가능한 한 최대치를 한다. 그래야 집에 온 호수와 다른 생각 하지 않고 신나게 놀 수 있다. 오전에 눈이 얕게 날려서 쌓였다. 호수가 좋아하는 털부츠를 들고 가봐야겠다.

이토록 보통의 날이라니. 어떤 아픔도 우리를 잡아두지 못했다. 나는 다치고 아물기를 반복하며 내 몫을 살아가고 있다. 지금 나는, 가장 강렬하게 삶을 맛보고 있다.

잘 먹었습니다

예약했던 신경과 외래는 거뜬히 졸업했다. 이제 대부분의 시간 동안은 그 시간의 기억을 잊고 지낸다. 목욕 시킬 때마다 가슴의 수술 자국을 마주하지만 눈에 익을 만큼 익어서인지 흉터가 있다는 사실조차 인지하지 못할 정도다. 아주 가끔, 점점 자라는 손등에 남아 있는 바늘 자국 같은 것들이 눈에 들어올 때는 가슴이 덜컹, 하고 저릿해진다. 그럴 때마다 진한 감사가 아픔을 황급히 덮는다. 나는 우리가 겪은 시간과 호수의 몸에 남은 기록을 어떻게 받아들이고 이해해야 좋을지 아직 다 배우지 못했다. 아이가 열어준 창을 통해 앞으로 깨달아갈 것들이 수두룩하다. 호수가 사회에 나가면 스스로 부딪치면서 나를 가르칠 것이다.

삶은 상상해보지 못한 깊은 고통을 안겨주기도 하고, 그걸 함께 견뎌낼 친구들과 가족의 존재를 상기시켜주기도 하고, 불안이 확신으로 바뀌는 시간과 환상이 책임으로 바뀌는 일들을 선사해주었다. 그리고 앞으로도 그럴 것이다. 지금의 잔잔한 파도는 다시 불어올 태풍에 대비할 수 있도록 숨을 고르는 시간, 지난 일들을 통해 깨달음을 얻는 시간, 그리고 어느 방향으로 돛을 띄울지 점검해보는 시간일 테다. 용기는 태풍이 눈앞에 닥쳤을 때 불끈 내는 것이 아니라 조용한 바람이 불 때 모으고 다져놓는 것이다. 그 힘으로 다가올 미지의 시간을 뚫고 간다. 태어나는 순간부터 예정된 몇 가지 거대한 슬픔이 아직 때를 기다리고 있고 경험이 주는 두려움은 배가 되지만, 아득한 잠에서 깨어나는 매 순간을 온몸과 마음으로 맞이하리니 원망보다는 용기가, 용기보다는 감사가 조금 더 힘을 내주길.

각자의 자리에서 크느라 수고한 우리 가족은 소박하고 느긋한 여행을 떠났다. 호수는 여행지에서 메밀 칼국수, 감자 옹심이, 시장표 꼬마김밥, 대게와 게장밥, 두부과자, 봉골레 파스타, 삼계탕 등을 줄기차게 먹어치웠다. 앞으로 호수는 먹을 수 있는 음식이 점점 많아지고, 나와 남편은 점점 줄어들게 될 것이다. 언젠가는 호수가 우리에게 새로운 음식을 건네고, 맛있는 식당을 소개해줄지도 모른다.

아이가 입원해 있을 적, 내 소원은 우리 호수가 꼬부랑 할아버지 되는 것이라고 말한 적이 있었다.

그저 그렇게 오래오래 평범하고 건강하게 살아주었으면 했다. 호수가 할아버지 되는 모습을 나는 볼 수 없겠지만, 나와 남편이 꼬부라질 때까지 호수의 목소리와 손길 닿는 곳에 있기를 소망한다. 그때가 되면 나는 비로소 안도할지도 모르겠다. 사랑하는 우리 아기, 잘 먹고 잘 컸구나.

cc | o   011

용기의 맛

아무렇지 않을 준비가 되었어

1판 1쇄 찍음 2021년 9월 8일 지은이 룬아
1판 1쇄 펴냄 2021년 9월 15일

편집 김지향 김수연
교정교열 안강휘
디자인 박연미
일러스트 무나씨
미술 이미화 김낙훈 한나은
마케팅 정대용 허진호 김채훈 홍수현 이지원 이지혜
온라인마케팅 유선사
홍보 이시윤 박그림
저작권 남유선 김다정 송지영
제작 임지헌 김한수 권혁진 임수아
관리 박경희 김하림 김지현

펴낸이 박상준
펴낸곳 세미콜론
출판등록 1997. 3. 24. (제16-1444호)
06027 서울특별시 강남구 도산대로1길 62
대표전화 515-2000
팩시밀리 515-2007
편집부 517-4263
팩시밀리 515-2329

ISBN
979-11-91187-45-8 03810

세미콜론은 민음사 출판그룹의
만화·예술·라이프스타일 브랜드입니다.
www.semicolon.co.kr

트위터 semicolon_books
인스타그램 semicolon.books
페이스북 SemicolonBooks
유튜브 세미콜론TV